伍百年作品集

芝蘭室隨筆

著／伍百年
輯／方滿錦

▲伍百年先生照（1896-1974）

自序

江湖浪跡，覽百態之紛呈；滄海歸來，傷萬方之多難！觸於目者可憶，攖於心者難忘，深於情者足傳，悖於義者當貶，摘其事之足述，言之無傷者，不論古今中外，蒐羅筆底，其紀之也固宜。祇以疏懶性成，清狂猶昔，孤蹤落落，影儗寒梅；傲骨嶙嶙，趣同澹菊，矧生亂世，難覓桃源，侷處湫居，愧對蘭室！舉目有山河之異，焉得閒情？騁懷無泉石之娛，更牽俗累！進不得中原逐鹿，退不獲航海潛龍，用武無從，臨文有恨！祇贏得清風兩袖，殘卷一囊，煮字難療，吟懷愈惡！讀庾子山之賦，哀盡江南！登王仲宣之樓，望迷冀北！文物湮沒，人境全非！藐是流離，至於暮齒。下帷蘇子，重讀陰符；解組張侯，又著金匱。問百世之絕學，誰是繼人？藏萬卷之遺廬，都付劫火！輒灑新亭之淚，常懷故國之思！茹苦訓兒，望王師之北定；抱殘結侶，守吾道以南行；不遇知音，寧安緘默。如斯心境，本無意於操觚；舊雨忽來，竟促余以握管。才非倚馬，技等雕蟲，急就成章，蕪瑕難免，所望攻錯剔疵，固有賴於通人！祇求立論持正，可告諸於讀者。

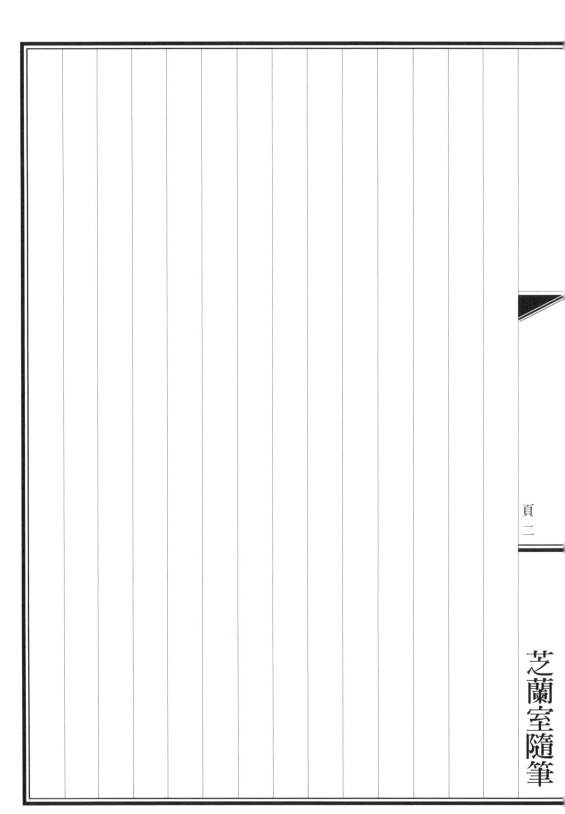

方序

伍百年老先生祖籍廣東新會，少聰慧，讀書過目不忘，幼懷大志，以造福蒼生爲己任。嘗師事大儒梁啓超習詞章，盡得其心法，故所作文章，不脫任公本色，甚或可以亂眞。老先生多才多藝，學問淵博，精法律，諳政治，擅詩文，尤其駢文更揮灑流暢，又通岐黃，嫻熟內難。無奈生逢亂世，大才見棄，偉志難伸。晚年流寓香江，專心行醫濟世，屢癒大症，活人無算，病者咸譽爲華陀再世，奉爲再生父母。一九七四年駕鶴仙遊，享年七十有九。老先生雖辭世二十四載於茲，惟音容宛在，精神永存，其親故銘懷無時或忘，尤其內子鳳儀常以其遺訓教導小女寧遠、靜遠；崇祖孝思，溢於言表。

今歲適逢老先生百齡又二週年冥誕，乃整理其遺稿，首輯《芝蘭室隨筆》重梓成單行本，藉作紀念，並廣流傳。至於其他醫論、醫案、詩文、小說暨政論諸類遺稿，亦將陸續輯錄成書，傳之後世，免彼畢生心血湮沒無聞。

是書倉促付梓，紕繆自知難免，惟祈大雅君子，不吝賜正，無任企幸。

方滿錦　謹識　一九九八年七月一日

目次

自序……一
方序……方滿錦 三
重修禊留春園雅集……一
與梁任公有關之乩詩……三
紀曉嵐以打油詩闖禍……七
唐季珊與阮玲玉生死兩情深……九
我與章士釗一段話……一一
與李濟琛談話回憶……一四
難民曲……一七
章士釗輓戴笠……一九
烈士殉國俠妓殉情……二一
岳王墳黃花岡兩聯……二三
哀和談……二五
悼葉夏聲……二七
為「私生子」辯護之妙文……二九
名士諧聯……三三
倫文敘迎親嵌字詩……三四
左宗棠之聯……三七
偉大革命史之長聯……三九
傳家格言之聯……四一
題〈百首鴛鴦詞・序〉……四四
雲南大觀樓長聯……四六
江東才子王曇之詠史詩……四八
左宗棠之自輓聯……五一

輓　國父之四聯三詩……五三
淳儒林文驄之送殯亭聯……五八
代陳少白先生題〈東南遊記．序〉……六〇
蘇州哀艷奇案之供判……六二
答客問詩文……六七
岳飛之和議賀表……六九
代唐紹儀擬聯輓徐紹楨……七二
代袁帶林警魂擬聯輓龍思鶴……七四
鶯飛草長憶江南……七六
合肥縣之奇怪命案……七八
神童異誌數則……八三
梁狀元之哀艷長聯……八七
晴湖月夜……九〇
美人圖十詠……九二
戲擬某市長代攤官招賭鬼文告……九五
與楊咽冰登山臨水之題詠……九七
以打油詩再答客問……一〇一
武聖關帝廟之三聯……一〇三
江寧縣婚變復合之奇案……一〇六
醫學上之陰陽釋義……一一三
渡海歸舟景入詩……一一五
答客問儒家中和之道……一一七
代秋桐女史擬〈秋光詞草．序〉……一一九
論王安石變法之失敗……一二一
風雅偷兒之善因善果……一二三
陳湛銓之詩……一二六
答客問五層樓聯及登越秀山詩……一二八
黃狀元題酒家茶樓之長聯……一三〇

女神童葉瓊章軼事……一三二
記湯恩伯將軍血戰南口……一三四
詩勉湯恩伯將軍守土之憶述……一四四
聯話……一四六
閒話廬山避暑時……一四九
南陽臥龍岡諸葛武侯廟聯……一五五
答關俠農先生……一六〇
通俗之思親曲……一六三
浙江莫干山之幽篁……一六五
輓唐紹儀前輩之聯憶述……一六七
豫鄂雞公山之勝遊話方振武……一六九
王仲瞿否定紅拂私奔故事……一七五
秦嘉徐淑夫婦敬愛之書札……一七八
夢中夢……一八三
烈女殲仇記……一八六
畢秋帆狀元與王文治探花之詩……一九五
桐城派文豪姚姬傳之詩……二〇三
詩答臺北李同善先生……二〇六
王秉直破雄尼姑之奸案……二〇九
紀曉嵐之試帖體律詩……二一五
袁子才其人其事其詩……二一八
俠盜不忘一飯恩……二二四
清代滿人兩良相之詩……二二九
說三生……二三四
沈歸愚題岳鄂王墓之詩……二四一
答鄔孟芝先生……二四四
唐名宰相李德裕項王亭賦……二四六
答客問韓愈其人其文其詩……二四九

記者節獻詩……………………………………二五八
明大儒歸有光爲貞婦辨寃故事……………二六〇
愛國詩人陸放翁…………………………………二七一
由交友之道說到爲友忘家故事……………二七九
歷劫美人馮小青之西湖恨蹟…………………二八九
莫愁之里居考與莫愁湖之詩聯………………三〇四
由艾克之病斷其不能再任繁劇………………三一〇
章士釗的矛盾心情………………………………三一三
再版題跋……………………………………方滿錦　三一九

重修禊留春園雅集

三月三日爲修禊節，昔人以是節爲祓除不祥，雅人則詩酒流連，文章紀盛，如王右軍羲之曲水流觴，見諸蘭亭詩序，早已膾炙人口。今歲乙未閏三月三日，爲重修禊節，留港騷人，屐痕轍跡，於是日咸趨郊外留春園雅集，群推筆者賦詩作序，以紀其事，即席揮毫，歸而記之於后：

留春　有序

暮春月杪，昔人多送春之作，然而惜春有心，留春無術，傷美人之遲暮，徒愴屈大夫之懷；若過客之光陰，彌增李學士之感。僕也，清狂猶昔，書劍飄零，嘆逝水之流年，儒冠誤我！怵狂潮之滅頂，砥柱其誰？恰逢辰閏之期，雅集留春之什，因時詠事。對景寄懷，與之所至。情難自己，後之覽者，其將有感於斯乎？其詩曰：

送春春未去，春也解徘徊。借爾東風便，憐他暮色催！
駐顏辰遇閏，續命夏遲來；幾見重修禊？蘭亭遜此回。

與梁任公有關之乩詩

以扶乩占休咎，識者輒嗤其妄，然其中亦有奇驗者，如玉蓮仙侶（相傳爲女仙）批判梁任公先師之乩詩，則爲筆者所深悉，亦爲同鄉前輩所共知。先師名啓超，字卓如，任公其號也，新會茶坑鄉人，父蓮澗公，兄名啓昌（文章亦與先師相伯仲，惜早凋），師之昆仲，與先君子同硯，共從遊於羊城名儒呂拔湖太夫子之門。師髫齡，有神童之目，稍長，文名籍甚。後爲康長素先生入室弟子，治經世學，以天下爲己任，任公之號意本此。迨戊戌政變，維新失敗，逃亡東瀛。蓮澗公憂子情切，積思成痗，聞鄉黨中有設乩壇者，每爲人占休咎，甚驗，乃詣壇，求爲子（任公）占將來有無返國希望，見乩手（扶乩者）爲一童子，異之，公於是焚香默祝，畢，旋而乩動，署名「玉蓮仙侶」臨壇，繼而砂盤中木筆走龍蛇，疾書七言律詩二首：

其一

蛾眉謠諑古來悲註一！馬邑龍堆遠別離註二。三字冤沉奇士獄註三，千秋淚灑黨人碑註四；

阮生空有窮途哭[註五]，屈子難忘故國思[註六]；芳草幽蘭傷葉落[註七]，那堪重讀楚騷辭？

註一　駱賓王討武曌檄，「入門見嫉，蛾眉不肯讓人」，首句以西太后比武則天之害賢也。

註二　皇甫冉春思詩「馬邑龍堆路幾千」，言去國之遠也。「馬邑」：秦築長城於武川塞，有馬馳其地，依以築城，因名「馬邑」（見《搜神記》）。「龍堆」：樓蘭國，在最東陲，近漢（見《漢書》〈西域傳〉）。次句言任公出亡，離鄉別父，遠走異國也。

註三　岳飛被「莫須有」三字沉冤千古。（《宋史》）

註四　黨人碑，即「黨籍碑」，宋，蔡京立元祐黨籍碑於「端禮門」外，名在黨籍者皆元祐朝臣，以司馬光為首。三、四兩句，言維新之六君子被殺，黨人含冤也。

註五　阮生，即阮籍。

註六　屈子，即屈原。五、六兩句，以阮籍窮途，屈原放逐，喻任公之身逃異方，心懷故國。

註七　七、八兩句，楚辭《離騷》，為屈原所作，以芳草幽蘭比君子，《離騷》有「惟草木之零落兮，傷美人之遲暮」句，意指任公之身世，及保皇黨終歸零落，而不能有所振作。

其二

煮鶴焚琴事可哀[註一]！不堪回首望蓬萊[註二]。一篇鵩鳥才應盡[註三]，五字河梁氣暗摧[註四]；

高節未迴蘇武駕[註五]，悲風愁上李陵台[註六]；男兒遠死何當惜[註七]？撫劍縱橫志未灰[註八]。

註一　以「煮鶴焚琴」喻西太后之摧殘人才。

註二　蓬萊，仙山名，《史記》：「蓬萊，方丈，瀛洲，謂之三神山」，指任公之逃往東瀛。

註三　鵩鳥，不祥之鳥也，《西京雜記》：「賈誼在長沙，鵩鳥集其承塵，……誼作鵩鳥賦」。此言任公之才之遇，與賈誼之謫長沙同。

註四　河梁，送別之地，李陵贈蘇武詩：「攜手上河梁，游子暮何之？」後人用作送別之通稱，此言君子去國，氣為之摧。

註五　蘇武羈留異地十九年始返國，言任公亦如蘇武之未能即返也。

註六　此承上文第四句，亦指任公後來反對清帝復辟，與李陵之終不輔漢同。

註七　男兒志在四方，遠死何足惜？蓮澗公閱至此句，為之失色。

註八　結句指任公尚有縱橫馳騁之日，蓮澗公亦為之霽顏。

上二詩所批判，於後事全驗，豈偶合歟？抑蓮澗公以誠觸靈歟？此非筆者所敢附會也。

紀曉嵐以打油詩闖禍

清乾隆時，有戴某者，不過一小京官，俗所謂芝痲綠豆的官兒。戴某才既不大，而志欲凌雲，求實現其野心，乃命其妻走內線。妻賢淑而具殊色，唯夫命是從，夤緣得門路，拜滿人宰相的夫人爲乾娘，由是夫憑妻力，步步高陞，屢次晉級爲吏部侍郎，顯赫一時。迨滿相死，梁尚書繼之爲相，戴妻又拜梁爲乾爺。適梁壽辰，百僚登堂祝壽，紀文達公曉嵐亦爲座上賀客，見戴妻盛粧向梁盈盈下拜，拜畢，探懷出牟尼珠一串，玉手親爲梁相國加珠於項，香風播四座，蓮步徐進內堂，而倩影猶留座客腦際，紀曉嵐爲之詩興勃發，酒後，口占打油詩一首。詩曰：

去年相府拜乾娘，今日乾爺又姓梁。赫奕門楣新吏部，淒涼池館舊中堂！
君如有意應憐妾，奴豈無顏祇為郎。百八牟尼親手奉，探懷猶帶乳花香。

傳誦一時，韻事傳播，被御史聞之，據以奏參，彈劾戴某帷薄不修，乾隆帝赫然震怒，降旨將戴革職，戴受嚴譴，命妻向梁相國哭訴，誓有以報。時値紀文達之兒女親家某鹽商因案被查抄家產，紀得訊，密遣人以空紙包茶葉（茶葉與「查業」兩字諧音），急足送鹽商，鹽商得以預爲隱蔽一部分財物。事爲戴某偵悉，遂興大獄，藉以報復，紀獲咎，流配（充軍也）烏魯木齊，後赦還。紀頓悟文字招尤，口孽宜戒，以「述而不作」自惕！人有詢其故？則諉爲「我所欲言者，古人已盡言之矣」。何作爲？實則紀受此打擊，不能不深藏韜晦耳。這正是：

竹本無心，豈知橫生枝節？
藕雖多口，其實不染淤泥。

唐季珊與阮玲玉生死兩情深

華茶大王唐季珊，中山唐家灣之世家子也。現居臺灣爲華茶巨商，昔在滬營茶業甚茂。交遊多中外名流，風流倜儻，風度翩翩，爲嬰宛輩所喜，銀壇女星，亦多稔識。初戀女星某，以演「空谷蘭」馳譽銀幕者，嗣與唐仳離。再戀阮玲玉，時阮在影壇爲後起之秀，一鳴驚人，阮雖小家碧玉，而天生麗質，秀外慧中，追求者大不乏人。惜誤嫁張氏子，張爲紈袴之流，不務正業，恆向阮需索，誅求無厭，阮以遇人不淑，遂占脫幅。識唐後，即結不解緣。張涎唐富於貲，藉阮與離婚手續未清，提出刑事訴訟，訊期逼近，與張氏子調停無效，阮恐唐被刑法株連，有損個郎令譽，苦思無兩全之法，乃決以身殉情，服安眠藥自殺，以粉碎張某之敲詐陰謀，而使其失卻訴訟對象。阮死，唐如喪考妣，哀毀逾恆，在滬爲阮營喪，大得市民同情。後電影及粵劇以「人言可畏」上鏡頭及撰曲，風行一時，是爲阮紀念也。事隔多年，至抗日勝利後，唐對阮仍念念不忘，托江西景德鎭某瓷商爲阮製瓷相，請筆者爲之題詩作序。錄之后於：

題阮玲玉女史遺像有序

人如無死，蛾眉同木石之頑；天若有情，鮫淚溢滄溟之漲。興言及此，今古同慨！而況冰雪聰明，游戲三昧，玲瓏美玉，謫降塵寰，歷劫殉情，舉世共仰，如斯俠骨，亦足千秋！爰為之詩曰：

此身原是九華仙，為了人間未了緣。甘露栽成連理樹，罡風吹散並頭蓮。

玲瓏美玉埋幽塚，縹渺芳魂返洞天。環佩不曾歸月夜，空教季子惹情牽。

我與章士釗一段話

前天五月四日，令我想起五四運動的對象章士釗，當時他爲北洋政府的教育總長，下令解散女子師範，及以利落手法應對北大學生。八年前，我在上海國際飯店，闢一壹一九室爲長房以便會客。那時章行嚴（章之字行嚴）在滬執行律師業務，我與他，是研究詩文與政治法律問題的朋友。他知道我是無黨無派的人，說話向憑「良知」，對友則唯「誠恕」，而過去也算有道義上的交情。所以在他忙裡偷閒的時候，常來國際樓頭，作我房裡的座上客。以文會友，詩酒流連（惜乎我能小飲，而章則滴酒不沾唇），抵掌論天下事，亦人生一快事也。有一天星期六下午，章來訪，說今天我們可以暢談，大家縱然怎樣忙，也要找半天時間，悠閒一息。我說：「好！」於是留他在國際用晚膳。大家打開話匣子，上下古今，無一不談，詩文政治，隨便討論，此篇所記，是擇當時彼此批評政局的見解，及他贈我，我答他的詩。限於篇幅，不便多寫，當時在日本投降後，發勝利財的人，有「五子登科」（房子、車子、女子、條子〔即十兩一條的金子〕、面子）的市諺，說他們在「接收」等於「劫收」，之後便五子收齊。章先生喟然嘆曰：

「政治不澄清，人民對政府觀感日壞，恐怕蔣先生北伐抗日的光榮，孫先生艱苦革命的締造，被這批貪污份子，一下子攪光了！您瞧，共產黨的苦幹廉潔的精神，眞可以與國民黨對照，前途誰勝誰敗，可以預料，毋待蓍龜了。」我答：「雖小職員，因待遇菲薄，不足養廉。而偶有越軌，尚且法無可原；若居高位，食厚祿，仍貪慾無厭，則更罪無可赦！惜我們法治未上軌道，豪門有恃無恐，人民不滿，是意中事。但有較此更嚴重的兩大事：（一）經濟不合原理。民生問題無法解決；（二）法幣價値不安定，通貨惡性膨脹。民不聊生，即爲製造共產的溫床；通貨膨脹，物價高昂，即可動搖國本。共產黨雖能苦幹，惟受蘇聯所操縱，將蘇聯那一套搬到中國來實施，其前途成疑。當時他對我的看法，亦不否認。話題就轉到詩方面，他評我的詩文，詩是宗唐，文是桐城派作風，而繼梁任公之後，從事革新，好用排筆，而駢散兼行，這是錢牧齋的格調。承他謬獎一番之後，還贈我一首七律詩：

一代文光光映雪，百年妙筆筆如鐵！聲搖五嶽作龍吟，力掃千軍夷虎穴；
書法董狐正不阿，詞宗司馬曾何別？雄奇抗手李青蓮，雅逸前身陶靖節。

這首詩把我捧到三十六天，徒令我慚惶無地！後拜讀過他的近作，我亦寫過一首七言律詩贈他，詩錄后：

夢回聽徹玉笙寒，閒臥滄江強自寬！漱玉醉花詞掇藻，鬱金香草氣如蘭！
琴樽北海容多士，絲竹東山薄一官。烈士壯心知未已！蒼生誰為挽狂瀾？

我的詩，無非欲鼓勵他「從正義匡扶民族」。

與李濟琛談話回憶

我與李任潮（濟琛）同是二十五年前南京中學的校董，識之已久，以後彼此南北分馳，晤少別多。迨民三十五抗日戰幕告終後，大家又在京滬會面，但很少談國事，我知道他牢騷滿腹，便不想挑動他的心事。是歲丙戌，春寒入夏，至農曆四月底，猶似深秋氣候。適浙江儒醫陳無咎過訪（陳是義烏縣人，與駱賓王同鄉，性孤高，蓄道德，能文章，擅書法，通歧黃，爲世所重，與余爲道義交，過從甚密），彼此尚衣絲棉袍子，陳對此料峭春寒侵四月，猶無溫和之氣，只見肅殺之象，不禁太息而言曰：「天時人事兩變遷，國事更不堪問，君何不借『寒夏』爲題，以詠國事耶？」余曰，善！就在國際樓頭，口占七言律詩一首：

寒夏

細雨寒風動客愁！江南四月似深秋。春光消失詩情冷，夜哭平添劫火憂！
隱約殘陽明滅處，徘徊歧路快恩讎。支離國命餘雞骨，猶有彈冠羡沐猴。

註　日本新降，殘陽隱約，態度曖昧，後患堪虞；而國內各黨派，竟紛爭權位，快其恩讎，國命已等於雞骨支離，猶有羨彼沐猴而冠者之際會風雲，而彈冠相慶，不亦大可哀乎！

詩成，陳激賞，認爲「足以代人民吐不平氣，使彼黨人，瞭然於國家民族重於黨，不宜黨與黨相仇而貽誤國族，其言委宛，諷得夫正，有杜工部憂國傷時的遺風，與無病呻吟者有異。」於是輾轉相傳，而入於李任潮之耳，託人向我要求將此詩寫一立軸贈他，使者至國際飯店時，我已南返。越年，在港遇黃鳴　君，黃研究《易經》，甚有心得，常爲我與李任潮兩方之座上客，由是李從黃處知找居址，先經通訊，再託黃約我至羅使臣道七十二號二樓他家裡（時李已返港寓此），先暢談他此次回港經過，並請我將〈寒夏〉詩錄出（因他已不記憶全詩），再索我贈他一首，我見他已親自以墨磨硯，立待我即席揮毫，不便推卻，遂即題詠。

貽李任潮將軍

叱吒當年萬里馳，清風兩袖一囊詩。運籌足儗蕭相國，鑄像寧忘范蠡祠。
獻策賈生無忝節，還家蘇子有誰知？丹心恥作封侯想，義不帝秦欲濟時。

這首詩的用意，是釋其牢騷之忿，及表彰他的清廉，以軍人而愛風雅，北伐時能鞏固後方，供應前方，使漕糧無缺，功與蕭何同，其建議於國民黨，主張國共合作，情同賈誼上〈治安策〉於漢文帝，竟被開除黨籍，與賈誼謫居長沙同，今則襆被歸來，窮如蘇季子，未嘗爲稻粱謀也（伊所述如此），結句仍希望他分清正邪，以匡濟時艱爲勗！他得到我的詩，喜不自勝。從此一別數年，他參加北平的新政府了，再無見面。

難民曲

客自故鄉來，相逢於道左，班荊道故，恍同隔世，買醉樓頭，請述所歷。客酒入愁腸，泫然而告余曰：「伊本農家子，少年適南洋，胼手胝足，短衣縮食，蓄薄貲歸國，設肆穗市，鄉間置田五畝，數口之家，勉可自給，婦耕子讀，晏如也。豈料遍地烽煙，頻驚風鶴，伴逃店毁，隻身還鄉。而兵掠舟車，交通頓梗，身無長物，沿路捱飢，歷盡關山，步行旬日，鄉閭在望，殘生苟延，期晤妻孥，賈其餘勇。及進故里，十室九空，比抵門前，人去室毁，叩諸鄰右，嗣音寂然。始知鄉在劫餘，人皆逃難，國破家陷，悲從中來！疲軀不支，倚樹暈厥。經過慘狀，莫可言宣，飽飫辛酸，留得殘命。潛逃來港，欲訪家人，踏破鐵鞋，都無覓處。茫茫人海，誰憐范叔之寒？泯泯世途，孰為將伯之助？」客言至此，泣不成聲。乃解荷囊，勉竭棉力，聊為潤涸，稍盡鄉情！歸而泚筆記之。並附〈難民曲〉如左：

行人相顧皆失色，武士軍前聞殉國？退兵盡掠舟與車，縱有川資行不得！

刋又逃生剩一身，關山僕僕歷風塵；奔馳十日未果腹，路上相逢不像人。

倉皇歸鄉恰天曙，家人避亂走他處；遍詢鄰右寂無人，疲軀斜倚門前樹。

章士釗輓戴笠

戴雨農（笠）長軍統局多年，以能幹而肯負責稱於時，尤以見重於當局，爲世所共知之事。故能大刀闊斧，說幹就幹，不畏艱險，不辭勞怨。在抗戰時，能在敵僞控制下之淪陷區，遍設氣象臺，以便利盟機行動，美國人士亦刮目待之。惟對壞人壞事，則絕不寬恕，嫉惡如仇。對領袖效忠，則矢志靡貳。以此結怨於人者不鮮，間亦有因圖功而濫信歹人，因懲惡而誤殺善類；所以是功是過，很難爲月旦評，見智見仁，各有其褒貶語。自戴雨農因公乘飛機，遇霧迷視線，而在南京「戴山」撞毀，機人全隕，殘骸跌落「困雨谷」，說者謂其犯地名，如龐統死在落鳳坡，其然豈其然乎？這是偶合，不必附會。戴死後，朝野震悼，在滬開會追悼時，褒語輓句，琳瑯滿目，類皆歌頌感嘆哀惜之詞，惟章行嚴之輓聯，除出比頌揚之外，對比尙能說老實話，所以在南京開追悼會時，仍懸此聯於壁間。聯曰：

功在國家，利在國家，平生讀聖賢書，此外不求聞達；
謗滿天下，譽滿天下。亂世行春秋事，將來自有是非。

按此聯出比稍嫌譽之過當，因戴讀書不多，正因此而敢作敢爲，毫無顧忌；既已銓敘中將，受知遇於領袖，名聞夷夏，權傾朝野，亦不能謂「不求聞達」。至其對比，眞是公論，余亦云然！

烈士殉國俠妓殉情

烈士殉國，俠妓殉情，足以並垂千秋而不朽！而其軼事，竟無傳焉，宜夫為之紀述也。清末練新軍，原為國防計，投軍者亦有革命志士，廁身其中，伺機以謀復國，李秉忠即其中之一也。李在新軍為中級軍官，少年有為，遂為新軍標統所賞識，擢而陞之。同袍假珠江花艇，置酒為賀。花艇者，妓艇也，以大型畫舫（粵名之為紫洞艇），陳設堂皇，儼然海上迷樓，別饒風趣。珠江風月，艷稱前朝，走馬王孫，墜鞭公子，恆以此為銷金窩，浪擲纏頭，千金買笑無吝色。是日也，李應同僚公讌，卸卻戎裝，儒服而往，臨風玉樹，瀟灑英俊，不知者以為濁世佳公子。既入座，例當招妓侑酒，筵前鼓琴，鴇以花魁名桃花者介於李，為主觴政。桃花豐姿麗質，容光照人，與客周旋，溫文盡禮，傍李而坐，宛如一雙璧人。由是一見鍾情，繾而細談衷曲，從此花間步月，不離儷影雙雙；枕畔盟山，總是深情款款；喜得風塵知己，如紅玉之當年；欣逢海上奇緣，種藍田於此日。詎知好景不常，盛筵易散，李以參加革命事洩，於中秋節，在永清門外，慘被刑戮。桃花聞耗，趕至刑場，李已身首異處，桃花撫屍大慟，出資營葬，事藏，自憐薄命，無意苟存，自題絕命詩一首，即投江殉情。詩曰：

拼擲頭顱醒國魂，殷然血濺永清門；郎今壯烈成仁去，妾亦殉情不苟存。

桃花俠骨柔情，蘭心蕙質，其人如玉，命薄於花，理當表揚，與李並垂不朽！惜當時滿虜頻興大獄，士大夫噤若寒蟬，使烈事沉埋，幽光不顯，良足悲矣！筆者聽遺老所述，語焉不詳，耳食之言，如是而已。爰賦七絕，以殿其後。聊當憑弔云爾。

搖曳隄邊不耐秋，落紅長此恨悠悠！無情最是珠江水，浪捲桃花逐水流。

岳王墳黃花岡兩聯

杭州西湖之岳王墳，廣州北廓之黃花岡，其地也，爲名勝埋忠之地；其人也，爲壯烈殉國之人。所以地因人而益著，人與地而並傳；而其事蹟，則已見諸史冊，彰彰在人耳目，毋待辭費。本篇所述，爲其兩聯，聯均七言，字嵌顏色，借物指事，就地取材，文皆白描，不事堆砌；而正邪忠佞，褒貶謹嚴，言簡意賅，發人深省；足使奸惡愧死，忠貞激昂，筆者述斯兩聯，意在乎此。

岳王墳聯

青山有幸埋忠骨，

白鐵無辜鑄佞臣。

黃花岡聯

生經白刃頭方貴，

死葬黃花骨亦香。

按岳王墳聯：是「借物襯托」筆法，借「青山有幸，得埋忠骨而流芳」，及「白鐵無辜，因鑄奸臣而被辱」，以襯托出忠佞分明之事蹟，而兩相對照。青山、白鐵是物，忠、佞是事，青與白是顏色。

按黃花岡聯：是「就地取材」筆法，借黃花岡之地名以取材，而指出烈士之頭顱有價，其骨能葬於烈士墳，足以馨香千古。白刃黃花是物，生死是事，白與黃是顏色。

兩聯優點，首段已言之，按語亦經分析，類似之處亦多同，而非一人手筆，可謂難分軒輊，各有千秋！

值此中原板蕩，神州麋沸，人心之趨向，繫乎國運之興亡。而邪說紛乘，貪夫慕利，靠攏者自隳其節，意志薄弱者難堅其操，「一失足成千古恨，再回頭已百年身」，能毋懼乎！悔之晚矣！所以「孔子作春秋，而亂臣賊子懼」，因其「一字之褒，榮於華袞，一字之貶，嚴於斧鉞」，能令奸者愧死，忠者激昂。此兩聯也，其春秋之筆歟！

哀和談

和，豈易談哉？不適其時不能和，不得其勢不能和，不具其誠不能和，此和之先決條件也。遠如普法之戰、日俄之戰，近如兩次世界大戰，其戎首非經痛擊，和決難成，前例具在，不容妄想！回溯中共將渡江時，李德鄰代總統主和，七代表北上，中共陽作歡迎，陰則進攻，卒使國民黨軍心鬆懈，民心動搖，而　敗塗地。此無他，已無可恃之勢，敵乏必具之誠，非適其時，和決無望。果也，中共提其條件，使黃季寬（紹雄）向李覆命。黃亦自知和平無望，頓呈悲觀，乃以「哀和談」爲題，塡〈好事近〉詞一闋，語祇感傷，非公言也（原詞已忘）。文友慫恿余曰：「子何不以超然的立場，代老百姓說話？用此題另塡一闋，以作月旦之評，可乎？」余報之曰：「可！」急就成章，塡詞如下：

哀和談（調寄好事近）

聽野哭聲嘶，疑是杜鵑啼血。胡騎八年蹂踐《漢書》：餘騎相蹂踐，幾多傷離別。一朝奏凱喜相逢，欲綰同心結。待細訴離情緒，奈空勞饒舌。

嘆舊夢難溫，獨耐衾涼如鐵。惆悵懷人長夜，正更殘燈滅。江風扇枕怯寒潮，淚冷心還熱。怕被東鄰譏笑，自虧冰霜節。

此詞寫出後，友曰：「這眞是代老百姓說話，人民誰不想和平共處？抗日苦了八年，纔把日軍趕跑，吾人正要生養休息的時候，又來一次國共分裂，兄弟鬩牆，使憔悴欲死的老百姓，求生不得。今『七代表』代人民調和，奔走駭汗，還得不到和平的結果，你話痛心不痛心？現在人民仍然望和，哭到流出的血淚都已冷了，但心還是熱烘烘的期望著呀！此詞可謂寫得恰到好處了。」余曰：「譽之過情，固不敢當，但余所最憂慮者，還有日本隨時可以捲土重來，所謂怕被譏笑，不過是曲寫耳。」

悼葉夏聲

葉競生（夏聲）昔隨　國父革命，屢任要職，後爲廣州名律師，及公立法專校長，一度從軍，參方振武戎幕，有勇幹精神，無官僚習氣。秉承家學（乃父葉謙，文名籍甚，越秀山五層樓之聯，爲乃父手筆，人誤傳爲彭玉麟撰，競生云非也），少年東渡習法律，與汪精衛、胡漢民、杜之杕、陳融、陳鴻慈諸先生同學，競生年最幼。嗣參加革命，服膺　國父三民主義不懈。至暮年，猶蒐羅革命佚事，著《國父民初革命紀略》一書，洋洋十萬言，多未經人道者。其所採材，志在搜秘，雖不無湯厲之詞，究出自輶軒之采。值民卅七筆者南還，遇於穗，請筆者爲之作序。序文錄后：

表彰前美，所以闡幽光也；昭垂後人，所以勵來茲也。然而良史難逢，詖辭易惑，一字翻成大錯，千里謬起毫釐，以舊弼而言黨魁，譏誚難免；以今人而紀近代，忌諱尤多。矧　國父，巨人也，革命，烈事也，王良執轡，實繁有徒；韓哀附輿，不乏其類；爛羊屠狗之輩，位已通侯；攀龍附鳳之儔，權傾要路；或別江已離宗，或數典而忘祖。值此日空谷之蘭已萎，問當年豐城之劍誰尋？孰能百計追求乎泥爪，而一抔尚憶於典型耶？迺葉子競生，以垂暮之春秋，不忘故澤；度劫餘之歲月，猶發新硎，總胚胎於一陶，極繽紛之千緒，秉司馬龍門之筆，作董狐猶史之傳。事雖出於錯綜，道則唯以一貫；縱有涉於獎借，要不離乎扢揚；言非阿私，文不訐隱。鑽既往之響，蒐未發之楹，握瑾瑜，攘芬芷，苟無君子之九能，難成金石之一擲。以藏山之巨製，求禿筆之一言，責以弁詞，其何能卻，於是乎序。

此序，因能把競生心事，直道無隱，所以競生再請革命同志醵資三千金，重印若干卷（初編出版時，筆者在京，未爲寫序，重印始增此序），分別贈送。後競生赴臺灣，瀕行，與筆者話別，卅年舊雨，又唱驪歌！千里雲山，常懷遙想！始則青鳥恆來，繼而望窮秋水，嗣音遂寂，噩耗忽傳，云競生已歸道山，尙以爲海外東坡之謠？後報載陳鴻慈先生悼競生之詩，始知其實，從此音容已渺，往事如煙，讀「〈招魂〉哀些」之賦，不知涕淚之何從！覽《革命紀略》之篇，又覺精神之如在！爰記其略，以誌不忘。

爲「私生子」辯護之妙文

客有從濠江來，告余曰：「子喜蒐羅天下奇聞，古今佚事，其亦知濠鏡昔日之韻事妙文，爲『私生子』一吐不平之氣乎？」余曰：「未之知也，請明以告我！願以隻雞斗酒爲君壽，可乎？」客報曰：「可！」於是呼僮挈榼提壺，攜酒與雞，共遊於青山之麓，飛瀑洗塵，涼風生腋，陶醉於大自然之間。客樂甚，飛羽觴，浮一大白，然後以故事妙文告余曰：「昔清季末葉，濠鏡某校，有男女教師二人，男李氏子，飽學之士也，在校任文史教席，女吳氏，丰神絕俗，蕙質蘭心，當圖工音樂教師。朝夕共事，時相唱酬，積久而情苗漸生，寖且而珠胎暗結。因李氏子已使君有婦，而吳氏女亦羅敷有夫，格於封建時代之宗法社會，雖屬鄉黨盲婚，但勢難離異而另諧嘉耦，吁嗟苦矣！能無傷乎？每當月夕花晨，灑不少斷腸之淚；常對青燈黃卷，寫不盡傷心之詞。而腹中塊肉，瓜落有期，客邸無親，如何善後？既不忍焚琴煮鶴，枉殺嬰兒；又不敢苟合靦顏，強諧鶯侶。矧又攸關校譽，愛惜羽毛；尤應珍重斯文，示範桃李。門墻艷跡，何可外流？閨閫長愁，徒增內愧！卒也，苦思密討，割愛送兒，然懍於『私生』之惡名，更恐落奸人之毒手。乃由李氏子執筆爲文，引古證今，以爲『私生子』辯護，使其得所，葆彼生機，置嬰道旁，待人收養。」其文曰：

上古穴居野處，不拘夫婦虛名；世人戀愛自由，原無情姦可律。遺傳種類，是天賦之特權；製造國民，乃人群之義務。性分男女，祇憑吸引於一情；雹合陰陽，遂乃產生乎萬物。僕以一介弱質，風流不讓張郎；妾本萬縷情絲，放誕儼同卓女。由是為雲為雨，結孽債魂繞三生；憐我憐卿，種禍胎罪該萬死；此本私胎之所由生也。然慾以私而愈暢，產以私而愈奇！試觀：李下老聃，經成道德；隘巷后稷，派衍宗周；馬利亞未婚而產耶穌，全球救主；南陽賈獻姬以生太子，繼位稱皇；以呂易嬴，佳人暗奪西秦之世；以牛繼馬，小吏實啟東晉之朝；玄鳥何以生商？空桑何以有尹？可知深山大澤，實產龍蛇；豪傑聖賢，莫明出處也哉。惟世界未臻大同，人類尚難平等，名譽顧惜，忌諱滋叢；若視呱呱如仇人，良心何忍？敢求種種於將伯，援手為勞！伏望來往端人，男女善士，體上天好生之德早賜提攜！代僕等鞠育之勞，實深銘泐！

客述畢，余記之，綜覈全文，尙能言之成理，所引典故，堪稱貼切允當！尤於人道立場，應爲古今中外之「私生子」，作一義務辯護！免遭世人歧視。而況怨女癡男，妙文韻事，亦足傳焉！姑泚筆而爲之記。

名士諧聯

昔有名士某生者，賦性耿介，博學多能，曠達如莊周，滑稽似東方朔，不求聞達，玩世不恭，遇疾阨者，具菩薩心腸；見不平事，則金剛怒目。而生當亂世，懷才莫展，睹奸人之竊柄，怵國祚之阽危，馴至正氣消沉，邪說紛起，舉世昏暗，率獸食人。劫火燎天，赤子賤於牛馬；腥風匝地，蒼生類乎蜉蝣。乃喟然而嘆，惕然而驚！曰：「是烏乎可？任彼狂流，淹我民族，吾人之責也！忍坐視耶？衹以黃河濁而阿膠微，龜山峻而斧柯弱，奈之何哉，奈之何也！」由是憤而披髮佯狂，沉湎醉鄉。有與之談國事者，輒掩耳疾走，避湎之若浼，顧貧無立錐，賣字療生，對惡人雖萬金不書，遇善類則分文不受。知音者，攜酒與鵝，換得其字，視爲墨寶，詎爲豪門所喜，欲攫之，正爭執間，得字者請生評理，生恨豪門之無行，思有以辱之，紿豪門曰：「物各有主，何奪爲？子如喜之？余將爲爾揮毫，毋與人爭短長也。」豪門大喜過望，曰：「眞耶？求爲我書一聯！」生曰：「可！」乃立揮長聯以付之。聯曰：

陽多匪，陰多鬼，我亦塵世同靡靡，其呼我為牛馬乎？唯唯！

夢裡過，醉裡歌，爾胡冠帶猶峨峨？行將爾作犧牲矣！呵呵。

豪門本紈袴惡少，未嘗學問，以聯出自生之手筆，視之珍同拱璧，而不知生之謔以虐也，歸而懸諸壁間，以驕其賓客，識者見之，恐逢彼之怒，不敢道短，祇隨聲附和，讚不絕口，豪門聞之喜，識者睨之笑，久而洩諸外，繼則傳諸今。筆者曰：「斯聯也，可移贈今之靠攏者，允稱天衣無縫！作者其為有心人乎？抑傷心人也？」姑記其聯並記其事如右。

倫文敘迎親嵌字詩

古人親迎之禮，必要新郎親自往女家迎新婦歸，倫亦不能例外。倫少年時本貧苦，而自視甚高，丈人見其勤奮，喜而以女妻之。迎親之日，依古禮，倫親往，及岳門，岳丈閉門不納，派人傳話：「夙慕姑爺高才，請在門外立成七言律詩一首，以紀盛事。」倫立應之曰：「可！」傳話人又曰：「且慢，還有條件」，倫曰：「有何條件？請詳言！」傳話人曰：「以『君子無所爭，必也射乎』九字，嵌於八句詩每句之首字，順序以成詩。」倫曰：「優爲之」，乃立成迎親嵌字詩一首。詩曰：

「君」家門外索詩篇，
「子」健才高豈偶然？
「無」數玉堂金馬客，
「所」迎花燭洞房箋；
「爭」看彩筆人皆羨，

「必」占鰲頭我獨先！
「也」有藍田曾種玉，
「射乎」屏雀中當年。

詩成，岳家來賓均激賞，丈人更樂不可支。蓋倫是時年尚少，而有此急才，且抱負不凡，預卜其前程似錦，爲丈人者，當然焉有「不亦樂乎。」且嵌字詩有「固定字」爲之拘束，在門外衝口而出，便成詩章，少年人達此境界，已非吳下阿蒙！而所嵌之字與下文貫串而成句，一氣呵成，似天衣無縫，毫無斧鑿痕，方爲上選。倫少時已有此成就，其後之奪魁掄元，意中事也。筆者記此事，志在勗我青年同胞，能勤奮用功，凡百事業、學問，都有登峰造極之望，毋自餒！這正是：

莫愁絕頂無人到，
自有攀躋努力來。

此是名儒吳鐵梅太夫子詠登圭峰頂詩中之一聯也。並附記以共勉！

左宗棠之聯

孝，爲百行之先，八德之首，先王以孝治天下，儒家立綱常，元清入主中原，猶不敢毀滅倫紀，且久而與漢俗同化，崇孝之道，自天子以至庶人，守之勿替。然孝於父母，懷劬勞之恩，報罔極之德，守三年之喪，理也，亦禮也！未聞有守乳母之喪三年者，有之，當自清中興名臣左文襄公宗棠始，左之乳母死，左爲之守制三年，人異而詢之，左曰：「余已於輓乳母聯中示意矣。」聯曰：

一飯且銘恩，況褓抱提攜，祇欠懷胎十月；
千金難報德，論人情物理，亦當泣血三年。

斯聯用韓信一飯千金報漂母典故，以爲出比對比首句，襯起下文守制三年之理由，推孝生母之心，以及於乳母，其銘恩報德之厚道如此。左氏其爲君子人歟？君子人也！

余居京時，得左氏後人贈余以文襄公之七言聯，是聯語意，眞能表現出宰相風度，書法亦大氣磅礴，筆力遒勁，聯之下端，鈐有「清宮太保洛靖侯」硃印。聯曰：

長覺胸中春意滿，

須知世上苦人多。

此聯出比，有「春和生物之意」，對比存「痌在褓抱之念」，謂非宰相風度而何？後余以此聯轉贈古鼎華將軍，古酷愛之，前年遇余於港，古告余曰：「因爲心愛之墨寶，雖經離亂，亦攜之以逃亡，是重古風而珍友情也。」余許其爲知言！

余舉此二聯，以登諸芝蘭室隨筆者，是反映現時「討父仇孝，殘民敗德」之風泛濫，恐中國五千年立國之民族精神，從此消殞！禮失而求諸野，道喪而起之以文，吾人應知所共勉而共鳴焉，則人心世道，尙有挽救之望。邦人君子，幸勿以爲迂而忽視之！

偉大革命史之長聯

長聯重氣魄，能一氣呵成者爲上選。如雲南大觀樓之長聯，早已膾炙人口。但筆者批評，論雕琢詞句，以大觀樓爲優；若行氣紀實，包羅偉大之革命史，歸納聯中，則以民初　國父在南京就任臨時大總統職時，隨即舉行「國殤烈士追悼大會」之長聯，爲獨擅勝場！相傳爲某文豪之大手筆，洵可誦也。聯曰：

五千年專制之陰霾毒霧，集羯奴羶穢，瀰漫神州；諸君子首舉義旂，自甲午，及庚子，洎己酉，迄辛亥，十七次戎兵撻伐，誓掃胡氛；屈指算：粵、桂、湘、鄂、贛、皖、滇、黔、秦、晉、蘇、浙，閩諸役；幾人烈烈轟轟，為後備軍，作前驅卒，戰死乎，刑死乎，蹈海沉江，莫非殉義，夾彈懷刺，總在鋤奸；持人道，爭人權，是種族革命，抑政治革命；此日河山完復，銅像巍峨，都憑著幾顆頭顱，一腔熱血，兩間浩氣，三尺霜鋒，購茲有價自由，莊嚴華國。

廿世紀國際的血雨腥風，合民族潮流，奔騰亞陸；我中原久淪左衽，溯弘光，至延平，暨金田，迨中山，三九數虜運告終，恢復漢族；化身出：鄭、唐、許、史、徐、秋、洪、倪、孫、黎、黃、胡、汪諸賢；莫說生生死死，鑄獨立史，闢新紀元，有名者，無名者，凱旋敗績，都是英雄，巾幗鬚眉，皆為豪傑；張天威，伸天討，為武力成功，亦文字成功；際茲日月重光，香花馥郁，盍擷些晚開黃菊，早放紅梅，勁節蒼松，後凋翠柏，建箇無遮大會，憑弔英魂。

此聯共長三百餘字，一氣貫串，把革命經過之犖犖大端，包羅撮述，可謂筆大如椽！誠巨製也。

傳家格言之聯

文人忌「自滿」，須知學問無止境；尤以「文人相輕」自以爲是者，切戒！此種人一定得不到良師益友。夫個人之精神有限，歲月無多；而天下古今之事理、物理、哲理無涯，莊子所謂「以有涯隨無涯，殆矣！」至言也。夫人生有涯而學問無涯，以有涯追隨無涯，云胡不殆？筆者向不敢自滿，更敬禮文人，只要其「學之不厭，誨人不倦」，便以良師益友視之敬之矣。惟尙免不了「自責」的疵病，因而少年時受了長輩嚴詞厲色的教訓，至今猶銘心鏤骨，永不敢忘！事實是這樣：因筆者少年馳騁法界，薄有虛名，乃自書一書齋楹聯：

本懷德以懷刑，恩威並濟；

由讀書而讀律，學仕兼優。

此聯不過是寫出少年人的抱負而已。不料被先君瞥見，傳命筆者至大廳堂，齊集全家，肅立聽訓，然後厲色呼余立前，斥曰：「爾以爲少年忝綰法曹，能廉正自持，便有自滿之意耶？如是，爾將來學問道德必無進境！須知『進德修業』之道，是『日積月累』而成，偶爾一得，便沾沾自喜，烏可乎？」余受訓後，汗流身慄，慚悚無地！立將原稿撕去，改書一聯：

讀律書懼刑，讀戰書懼兵，讀儒書兵刑不懼；

耕堯田憂水，耕湯田憂旱，耕心田水旱無憂。

改用此聯後，至今仍沿用之。當時，先君見而「莞爾」曰：「孺子可教也！」乃再以先祖父傳家之聯示余。聯曰：

惜食惜衣，並非惜財乃惜福！

求名求利，莫如求己勝求人。

余拜讀後，敬書此聯，以自勉而兼勉後人。今記之以爲讀者告，或亦齊家，自立之一道也。

題〈百首鴛鴦詞·序〉

上海名律師伍澄宇，少時在美參加革命，其夫人勞偉雄女史，英文根柢甚深，勞女史爲嶺南大學校長鍾榮光先生義女，在美時，與平一（澄宇之號）學問切磋，寖而情同膠漆，在美訂婚。國父亦所讚許，勉彼倆應先爲國家社會效力然後結婚。平一、偉雄均依國父所教，男則致力革命，奔走四方，女則執教鞭，誨人不倦。正是勞燕兩地，公爾忘私！平一在月夕花晨，春來冬去，每多懷人之作，遂積篇成帙，彙集鴛鴦詞百首，付諸梨棗。適余蒞滬，出集請余作序，平一夫婦讌余於新新酒樓，爲余洗塵，並請即席揮毫，序文如后：

世間韻事，多從苦海掙來；天下情潮，大抵中途掀起。能全終始，便是完人；永保芳菲，應留佳話！而況才嫻詠絮，氣量不讓於鬚眉；學騁文壇，情愫獨鍾乎巾幗。海外證三生之石，天涯守千秋之盟。先為國而後成家，郎誠偉矣！既誨人而復教子，婦洵賢歟！有此大好姻緣，堪稱美滿！矧更艱辛飽飫，尤覺難能！就中別緒離愁，歷盡凄風酸雨。吟成百首，吐鴛鴦瀝膽之詞；腸斷九迴，灑杜鵑啼血之淚。真摯悱惻，字字足儗珠璣！宛轉纏綿，聲聲不離風雅！本關雎之旨，傳閨範之賢，彌足彰德箴人，有裨世道。若必炫奇沽譽，毋待費辭。爰掇弁言，以當紀實。

平一夫婦得此序文，喜甚。後鍾榮光先生見之，遇余而告曰：「君爲平一夫婦題鴛鴦詞序，意在重德非重詞也，此全篇大旨之關鍵，非斲輪老手辦不到，平一夫婦可以自豪矣。」鍾先生其知音乎！

雲南大觀樓長聯

雲南大觀樓，在滇池之旁。「滇池」（湖名），一名「滇南澤」，亦曰「昆明池」，在雲南省城南，池之周圍三百里（聯首稱爲「五百里」，實非也），昆明，呈貢，昆陽，晉寧四縣環繞之，發源深廣，下流淺狹，故曰「滇」。有金馬、碧雞二山夾峙，繞池平地肥沃（其出口亦八十里強，聯中故有「喜茫茫空闊無邊」之句），景物優美，在大觀樓縱目四望，眞有煙波萬頃之概。樓上有長聯，共一百八十字，出比，描寫滇池周圍風景，對比，憑弔歷史遺蹟，而感慨繫之。其雕句琢字，對仗工整，可謂刻畫入微！洵傑構也！筆者愛其典雅，卅年往跡，偶念斯聯，則滇池景物，依稀猶存胸臆中；而當年雲南起義之英雄，今安在哉？不禁爲之黯然神傷矣！聯曰：

五百里滇池，奔來眼底，披襟岸幘，喜茫茫空闊無邊！看東驤神駿，西翥靈儀，北走蜿蜒，南翔縞素；高人韻士，何妨選勝登臨？況蟹嶼螺洲，梳裹就風鬟霧鬢；更蘋天葦地，點綴些翠羽丹霞；莫辜負四圍香稻，萬頃晴沙，九夏芙蓉，三春楊柳。

數千年往事，注到心頭，把酒凌虛，嘆滾滾英雄誰在？想漢習樓船，唐標鐵柱，宋揮玉斧，元跨革囊；偉業豐功，費煞移山心力；儘珠簾畫棟，捲不及暮雨朝雲；便斷碣殘碑，都付與蒼煙落照；祇贏得幾杵疏鐘，半江漁火，兩行秋雁，一枕清霜。

以上爲雲南大觀樓之原聯，筆者就記憶所及，錄之以供讀者欣賞。

又有善謔者，仿上聯體裁，另撰一聯，以諷癮君子。附錄於后：

五百兩煙坭，睇來手裡，價廉貨淨，喜洋洋樂趣無窮！看粵誇黑土，楚重紅壤，黔尚青山，滇崇白水；考成辨色，何妨請客閒評；趁火旺爐燃，煮就了魚泡蟹眼；正更長夜永，安排些雪藕冰桃；莫辜負四楞響斗，萬字香盤，九節老槍，三鑲玉咀。

數千金家產，忘卻心頭，癮發神疲，嘆滾滾錢財何用？想名類巴菇，膏珍福壽，種傳罌粟，花號芙蓉；橫枕對燈，不盡生平樂事；儘朝吹暮吸，那管他日烈風寒；縱妻怨兒啼，都裝作天聾地啞；只贏得幾寸囟毛，半卸肩膀，兩行清涕，一副枯骸。

江東才子王曇之詠史詩

清季中葉，一代奇才，文奇詩奇，識力才器，無一不奇，而其境遇尤奇者，其爲浙江秀水王仲瞿（名曇）乎！王系出世家，博通群籍，遊蹤所至，恆令名流傾倒。而因露才揚己，又爲座主吳公假其名形諸奏牘，以微罪罷官歸里，世人遂誤以爲狂傲，而資爲口實。屢試南宮，擯於有司。王憤而遯世，作汗漫游，清帝密諭有司，擬徵錄之，而莫得其蹤，卒潦倒不得志以死。王生平著作甚富，大半零落，所餘駢體文數十篇，得錢梅溪爲之蒐葺付梓。詩二卷，及虎邱山穸室誌，則由錢塘陳文述刻入《煙霞萬古樓詩集》。一代才人，千篇傑作，沒而不彰，不亦大可哀乎！余客長江有年，與浙江名儒陳旡咎友善，陳知余蒐羅古今遺佚名作甚切，乃以王集割愛贈余，其中傑構佳什不鮮。茲所述詠史詩四首，因其獨具卓見，逞其雄辯，爲詩人之所未道者。今誦之，猶覺奇氣躍紙而出。噫，此其所以爲奇才歟！詩錄后：

漂母祠懷韓齊王

王孫如此不忘情，漂母祠邊浪有聲。作帝何妨先楚漢，忌才畢竟是良平；

恩從一飯甘刀俎，義不三分合鼎烹。賴有英雄劉季在，肯教傳得蒯通名。

祭霸王項羽詩三首 住穀城之明日謹以斗酒牛膏琵琶三十二絃致祭於西楚霸王之墓

其一

江東餘子老王郎，來抱琵琶哭大王。如我文章遭鬼擊，嗟渠身首竟天亡；

誰刪本紀翻遷史，誤讀兵書負項梁。留部瓠蘆漢書在，英雄成敗太淒涼。

其二

秦人天下楚人弓，枉把頭顱贈馬童。天意何曾袒劉季，大王失計戀江東；

早推函谷稱西帝，何必鴻門殺沛公。徒縱咸陽三月火，讓他婁敬說關中。

其三

黃土心香一掬塵，英雄兒女我沾巾。生能白版為天子，死贖烏江一美人；

壁裡殺蟲親子弟，烹來功狗舊君臣。戚姬脂粉虞姬血，一樣君恩不庇身。

左宗棠之自輓聯

古人自爲墓誌者多矣，如唐之王績、傅奕、裴度、杜牧、顏蕘、辛祕、白樂天、李栖筠、嚴挺之、衛大經、李行之、顏眞卿、宋之蘇子瞻。朱翌曰：「生前作誌，謂之達亦可，謂之近名也亦可。」若陶宏景告逝文，陶元亮、顏魯公自爲祭文，秦少游自作輓詞，徒自解嘲，無關臧否也。然則清中興名臣左文襄公宗棠之自輓聯，亦師前人解嘲之意乎？或亦達也！今錄其自輓聯如后：

倘此日騎鯨西逝，七尺軀委殘芳草，滿腔血灑向空林；有誰來歌騷歌曲？鼓銅琶井畔，掛寶劍枝頭；憑弔松梢魂魄，奮激千秋；縱教黃土埋子，應呼雄鬼。

豈今宵跨鶴東還，一瓣香自完本性，三個月現出前身；願從茲為漁為樵！訪鹿友山中，結鷗盟水上；消磨錦繡心腸，逍遙畢世；祇恐蒼天阨我，又作勞人。

此聯早已膾炙人口。其曠達處，自是高人一等；其自豪語，可謂死亦稱雄。但出入將相，宵旰憂勞；不負蒼生，而負了名山；未嘗有片晷之暇，以遨遊泉石之間，期於他生樂漁樵而友麋鹿；不願再作勞人，亦屬衷心語。尤以讀書人，在得志行道之餘，每作出世之想，是個中人，始有此境界。元遺山〈玉漏遲〉詞中所謂「鐘鼎山林，一事幾時曾了？」而有「世累苦相縈繞」之嘆，確爲歸眞反璞之言。非有左文襄之才氣襟懷，勳業資望，未必寫得出。他人縱能寫得出，亦未足以當之而無怍。就此一聯，已表達出左文襄的個性。洵非凡筆！

輓 國父之四聯三詩

國父孫中山先生，畢其生盡瘁於革命，宵旰憂勞，不遑寧處，力疾赴京，以謀國是。因患肝癌，而中道崩殂，彌留時，猶以「革命尚未成功」爲念。一代偉人，倏然溘逝，地無分南北，人不論東西，咸震悼焉！是時也，輓聯輓詩，多至不可勝數，筆者就其記憶所及，而立論各有殊趣者，擇錄於后：

一 章太炎輓 國父聯

孫郎使天下三分，當魏德景隆，江表豈曾忘伐許；

南國是吾家舊物，怨靈脩浩蕩，武關何故入盟秦。

章聯意謂「南北政權，有順逆之分，引三國故事爲喻，以 國父比孫吳，以北洋段祺瑞執政比曹魏（孫吳據江表之地，曹魏則挾漢帝建都許昌），當魏勢隆盛之時，孫吳仍不忘伐魏之舉。」出比，示「漢賊不兩立」之意，言其不應與北洋軍閥共謀國是也。

對比，以楚懷王與秦聯盟，結果入秦後永無返楚之日（武關，屬楚，靈脩：靈，神也，脩，遠也，言能神明遠見者，以喻君也。楚辭：「夫唯靈脩之故。」武關：地名，戰國時爲秦之南關。不能以武關代表楚國，想章氏或當作武勝關用，武勝關在河南信陽縣平靖關之東南，西南至湖北應山縣，正楚轄之地也）比之 國父一入北京，即無南返之望，何故蹈楚懷王之覆轍而不悟？言 國父不應離南國而北上也。章聯，寓悼意於責言，此其與眾論殊其旨趣也。

二 陳炯明輓 國父聯

唯英雄能活人殺人，功首罪魁，留得千秋青史在；
與故交曾一戰再戰，私情公誼，全憑一寸赤心知。

陳聯本難下筆，因既叛之則不應輓之，既輓之則不應叛之，任此「矛盾心情與矛盾事理」之間，而令生者歿者，均能說得過去，雖近遁詞，尚能自圓其說。此其又與眾論異趣也。

三　李烈鈞輓　國父聯

功蓋桓文，才逾湯武，九萬里震威名，天授如斯，前無古人，後無來者；

運籌帷幄，持節疆埸，二十年共患難，山頽安仰，上為國痛，下為私哀。

李聯以齊桓晉文之霸業烘托，以商湯周武之革命陪襯，出比，譽孫爲超前絕後，全屬頌揚。對比，表出自己與孫關係之深，而致其哀痛景仰之忱，此其又與眾論多同而稍異也。

四　馬飲冰輓　國父聯

更覺良工心獨苦，

長使英雄淚滿襟。

馬聯全集古句，尚稱渾成！此又一格也。以其匠心獨運，故並錄之。

最異者，日本首相犬養毅，亦以七言絕句三首輓　國父，可見東洋人對　國父之景仰，既殷且切，此屬於異邦客觀之表意也。

犬養毅輓　國父詩三首

其一

東征北伐不曾閒，四十餘年萬死間。蓋世英圖猶未遂，春風埋骨紫金山。

其二

革命功成武漢間，當年意氣欲傾山。中原一夜明星落，涙灑前途國步艱。

其三

叱吒風雲驚鬼神，溘然仙去夢歸真。先憂後樂平生志，君是中華第一人。

犬養毅之詩，如用「中國詩學」之尺度衡量之，則在「詩藝」上不算雋品！以每首論：以第三首爲佳！若逐句論：則每首均以收句爲好！但以日人而臻此境界，不能不算難能可貴！尤其在明治維新後，日人刻意摹倣歐美，趨於科學工業之競進，而又改用「和文」，精「漢文」者，已不多見，元老中，能識漢詩者，更如鳳毛麟角。能詠漢詩者，恐吉光片羽矣。

淳儒林文驄之送殯亭聯

送殯亭，即永別亭也。筆者足跡遍南北，而性愛文藝，所知送殯亭聯甚多，而認爲「富文藝氣息且含哲理」者，莫若林文驄先生撰新會城西門外之送殯亭聯！林仲肩（文驄）先師爲邑廩生，品學兼優，書法、詩、文、金石，無一不精，新會儒林，咸推崇之。一度應域多利僑衆聘，任僑校教席（爲李夢九先生所經手邀請者）。先生髫齡，夙慧過人，稍長，巍然露頭角，負笈於吳鐵梅（榮泰）太夫子之門（余師余父均爲太夫子門生，筆者是小門生也），與李淡愚（春華）先生爲同硯中之莫逆交。在新會岡州中學執教，前後凡二十年，道德文章，爲世所重。年弱冠，即膺吳太夫子東床之選，林師母仙遊後，吳太夫子再以次女妻之，其器重之如此。新會西門外「華竺寺」近處，有送殯亭（俗稱「辭人亭」，辭別人間之意也），年久失修，善士重修之，其石柱長聯，群請林先生大筆賜墨寶，其聯曰：

記從竺國東來，念我佛慈悲，冥漠通靈，百年身願生樂土；
聽到陽關西出，嘆故人死別，蒼涼滿目，一杯酒忍唱渭城。

按出比：對死者而言，用達摩東來佛典，及指亭中「華竺寺」東行，從「西竺佛國」，仗「我佛慈悲」，使「幽冥廣漠」之界，亦可「靈通」而生西方之「樂土」。此聯首「哲理」中，含「慈悲」念！自然渾成之極。

對比：將王維之〈渭城曲〉七絕詩：

渭城朝雨浥輕塵，客舍青青柳色新；勸君更盡一杯酒，西出陽關無故人。

全詩融入句中，而切「亭」子在西門外之地，與生者（送殯人）懷故送別情，隨手拈來，便成妙諦，可謂「天衣無縫，不著痕跡！」文藝氣息亦重！與香港某聯（類此者）之俗不可耐，兩相比較，誠有霄壤之別！文風之低落如此，有心人不能不爲之痛哭也。吾爲「文化前途」懼！更爲「下一代」憂！舉世泯棼，余欲無言。

代陳少白先生題〈東南遊記．序〉

新會陳少白先生與　國父締造中華革命黨，厥功甚偉！國民黨人尊之爲國叔，洵當之而無愧。陳先生蓄道德，能文章，晚年致力於社會事業，造福鄉邦，日無暇晷，鄉黨父老，視之爲萬家生佛，有不平事告之於先生，必爲仗義執言，有司唯命是聽，事獲平反，鄉人感之。然靜極思動，有時遊興勃然，奈因西南政府與中央常不一致，粵漢鐵路湘段，尚未接軌，交通多不便，蓄意十年，擬作東南遊，由南嶽至西湖，東南各省名勝，均欲登臨，此願卒獲償之。於西南藩服後，粵漢鐵路湘段亦通，乃由陳先生發起，命旅行社組旅行團，先生沿途均有記載，歸而輯之付梓，請余作序。序文錄后：

禹甸之大，東南之美，湖山排列，妙境天成，備為人用，而人反恝焉置之，淡然忘之，寧不為山靈笑我耶？僕自海外倦還，性耽泉石，對國內名勝，蓄意作汗漫遊久矣。然而人事之拘牽，時局之俶擾，交通之窒梗，均足殺遊興而阻轍跡，咫尺若天涯，鄉鄰等秦越，其恨憾為何如耶！果也，心焉嚮往，有志竟成，際中原統一之秋，正嶺表藩服之日，矧值粵漢車通，坦途便客，錢塘潮訊，美景招人；更有社備旅行，足資他鄉之導；儔逢知己，尤快客中之情；十年蘊積之壯遊，一旦見之於實現，其忭慰又何如耶！於是引類呼朋，臨時結侶，但得志同道合，不拘熟魏生張；既能聲應氣求。遑論鬚眉巾幗？對此湖光山色，似有前緣；雖然鴻爪雪泥，應留佳話！僕未能為太上之忘情，爰為之記。

序成，陳先生認爲能道出他「遊興不忘國家」的心事，甚喜，此其所以爲革命巨人歟！積思十年，必俟國家統一，然後求泉石之樂，作名山之遊，斯范希文所謂「先天下之憂而憂，後天下之樂而樂」，師法古人，以天下爲己任，不其偉歟！

蘇州哀艷奇案之供判

清末，有甄芳茂者，河北保定人，自命不凡，熱中功名，以爲自己才兼文武，何難取青紫如拾草芥，乃欲立軍功以自顯，離保定，投東北某少年將軍麾下，後奉調入關，轉隸某帥管轄，派赴前線，與太平天國驍將林鳳翔作遭遇戰，始則相持，繼圖逆襲，某帥恐其犯險，影響全線，調其回後方，甄不服，侃侃而談，某帥責之曰：「爾僅受過皮毛軍訓，未經戰陣，不過紙上談兵耳，何韜略之足云？」遂罷其職。甄憤而回籍，家中祇有女孫碧霞一人，早失怙恃，賴戚代爲教養，甄歸，見而生憐，愛若明珠，盡將其所學授之。碧霞慧敏端麗，文史詩詞，女紅武功，均有造詣，時清社已屋，舊官僚不復見用於世。甄芳茂平日夜郎自大，人緣不佳，至此窘境，不甘在保定遭人白眼。遂挈碧霞南行，抵蘇州，以囊資無多，迫稅居於閶門外隘巷中，並在姑蘇玄妙觀設肆，販賣文具，藉以餬口。性嗜杯中物，日夕沉湎於茶樓酒家間，以店務委諸碧霞。祖孫二人，頗足自給，晏如也。碧霞方在妙齡，天生麗質，不假修飾，容光照人，雖荊釵裙布，質樸無華，而不能掩其美，艷名喧遐邇，鵠之者眾，碧霞凜然不可犯，人咸以「道學美人」

稱之。適有無錫富室王氏子劍峰者，年甫弱冠，就學蘇州，聞同學盛稱碧霞美麗，週末，詣玄妙觀文具肆瞰之，果然，艷絕人寰，佯為購物，欲挑之，但碧霞雖艷如桃李，而凜若冰霜，沉默寡言，無由入手。乃廣購其貨，豐給其值，藉以引逗佳人注意，然碧霞淡然置之，絕不理會。美人雖不稍假詞色，王氏子已靈魂兒飛上半天，迴繞於碧霞左右，恨不得化為蝴蝶，一嗅餘香死亦甜（豈知後來果然如此）。從此腦有思，思碧霞，口有道，道碧霞，夢有縈，縈碧霞，朋儕有知者，笑其痴，王恬不為異，單戀如故，每逢週末，必至肆，至必多購其貨，而碧霞對之，冷峭如故。歷既久，仍可望而不可即，心雖急，意始終不懈，例往購物如昔，文具纍纍堆積，勉強攜之，蹣跚而行，左持右墜，物紛紛跌下，王狼狽非常，汗涔涔下。碧霞見其憨態可掬，梨渦嫣焉一笑。

王氏子誤作美人有意，受寵若驚，回宿舍後，盡翻文具，遍檢有何信物，冀得美人之貽。結果毫無所獲，祇見筆筒之底，書一「董」字，本屬沽貨之號碼，而王則視為暗示之表情。乃自作聰明，牽強附會，想入非非，解為：董字從廿，從重，持近重陽，指「重」字為約在重陽之日，「廿」是一劃橫連，解作連理之枝。認為仙機獨悟，天台之路能通；雲英多情，藍橋之約當踐。會心微笑，大喜若狂，於重陽之夕，逕往閶門，色膽包天，閨幃躡隱，恰遇乃祖離家，佳人外出，如入無人之境，潛登子反之床，迨至碧霞歸來，驚其突兀，正欲呼警，已被掩唇，禁不起王子哀求，且更慮鄰人謠諑；男俊女麗，未免有情，手軟心慈，儼同默許；兩情繾綣，三生孽障，好事方諧，檀郎隕命。碧霞少不更事，羞懼交併，事起倉卒，拯救無從。又恐祖父歸家，更受嚴譴，迫謀掩跡，埋屍房中。及後因王子失蹤，報警查緝，官差由王翁引搜宿舍，見文具堆積，訊諸同學，始知購自甄店，按圖索驥，往訪碧霞，詰其經過。碧霞見事發東窗，不禁悲從中來，詳述各情，帶其起屍。案經控訴，兩造到庭，訊至碧霞，哽咽不能成語，乃祖云其能文，可否以筆述作供。官許之，給以紙筆，碧霞和淚吮筆，且哭且書，痛陳往事，直述無隱。供詞錄后：

甄碧霞供述

碧霞籍原河北，流寓江南，祖孫二人，相依為命，寄居於闔門廓外，設肆於玄妙觀前，日惟握算持籌，夜則揮毫刺繡。天真未鑿，本白璧之無瑕；魔障忽纏，信紅顏之薄命！緣有青年王某，週末必來，習以為常，購貨逾量，始則不以為意，繼則疑其為痴，偶然一笑，彼作多情，跟蹤躡達閭門，伺隙潛登閨榻，時值祖父往茶樓品茗，本人在溪邊浣衣，任彼踰墻，無人發覺，歸見欲呼，被其掩口，云為求耦之相如，竟作偷香之韓壽，既懼春光易洩，更恐夜雨難瞞，忍痛綢繆，含羞繾綣，詎彼傾情而注，陡隕厥生，卒因畏禍以藏，亟埋其體。經此春風一度，妾已荳蔻含胎；與彼緣盡三生，郎今泉臺魂繞。難填恨海，莫補情天，從茲身是孤嫠，腹留塊肉；只望王門有後，慰箇郎在天之靈！自慚少女無知，竟惹此滔天之禍！言盡於此，泣不成聲，事出有因，所供是實。

甄碧霞供畢，官訊王翁有何請求？翁曰：「王門不幸，獨子喪生，甄女無辜，且已有孕，只求存後，不敢怨人，有媳賢能，理當善視，望庭上恩准甄氏女無罪，俾遂其守節撫孤之願，存歿均感。」官再訊甄芳茂，命其陳述意見，甄曰：「孫女碧霞，向守閨箴，能盡孝道，老朽與其相依為命，賴以養生送死，待其擇得佳婿，藉慰老懷，不料王氏子未經冰人作伐，竟欲行強，孫女年幼無知，遂失身而受孕，彼王氏子甘為色鬼，死有餘辜，孫女慘受摧殘，如何善後？求庭上秦鏡高懸，依法判斷！老朽當時因不在家，事後亦無所知，所供是實。」再訊碧霞，是否願歸王家守節？碧霞謂固所願也。繼續依次傳各證人作證，均與上述事實相符。兩造皆無異詞，即宣判甄碧霞無罪。判詞錄后：

判詞

甄家淑女，未解風情；王氏痴兒，偏生綺念。大抵情根所種，早種在離恨天中；故其孽障難消，竟消於石榴裙下。佛云「罪過」，總有前因；子曰「色難」，豈無後患？此中玄妙，居然起於玄妙之觀；彼脫重陽（脫陽重症），卒也死在重陽之節。孽由自作，王劍峰按律應犯強奸之罪，已喪生從寬免追；禍起他方，甄碧霞依法則屬被害之人，既懷孕情更可憫！且經當庭供狀，願歸夫家，嘉其矢志柏舟，無虧婦道！棄青春之歲月，撫黃口之孤兒，人道克全，天良未泯。雖有埋屍不報之愆，原其懼禍無知之情。甄祖因不在場，例當免議；王翁志求存嗣，禮合迎歸。王氏失子而得孫，夫復何憾？甄家無婿而有女，亦足慰懷。從今獨善厥躬，此後兩全其美。特為如右之判決，并令雙方以完案。

答客問詩文

客慕余虛名，而問余以爲詩爲文之道。余答之曰：余於詩也，未窺涯涘；余於文也，未登堂奧；奚足以當子問？袁簡齋謂詩文之至道也：「幽足以動天地，感鬼神；明足以厚人倫，移風俗。」余未嘗有此也！客又出其所爲文以示余曰：此倣古之文也，肖之歟？不肖之歟？余曰：以今人而爲古文，毋寧稱之爲今文，古文而若是易爲也，文亦不以古稱矣！客不懌曰：然則斯文佳乎？余曰：學有深淺，文無定評，太玄之草成，而劉歆欲覆醬瓿；三都之賦出，而士衡欲蓋酒甕；同是時也，桓譚以爲絕倫，張華爲之紙貴；譬之嗜痂者有異癖，酸鹹者有殊好，烏足以定其佳不佳乎？李百藥曰：「文章者，性情之風標，神明之律呂也。」裴子野論文云：「人皆成於手，吾獨成於心。」北齊祖瑩則謂：「文章須自出機杼，成一家風骨。」必也，溶鑄古今，善運斤斧，如曹參守蕭何之法，如光弼將子儀之軍，自有節制，隨意揮灑；非謂師涓奏樂，必造新聲，徐摛作文，本拘舊體也。客曰：延年隘薄，靈運空疏，奈何？余曰：此乃不遍讀天下之書與詩文，而漫然操觚之謂也。漢郭憲王嘉全構虛辭，孟堅所以致譏，子玄爲之絕倒；《抱朴子》所謂：「懷空抱虛，有似蜀人葫蘆之喻乎。」南史氏曰：「文章容易逋峭難。」又曰：「文章不嫵媚，正如疥駱駝。」今世之勉強爲文者，或以艱深文以炫其淺陋，或以奇僻掩其不淳，或龐雜以示其淹博，或堆砌炫其淵深，抑亦悖矣！奚足言文？蘇東坡稱韓昌黎「文起八代之衰，道濟天下之溺。」而其代表作之〈原道〉，文氣雖雄，惟理解偏激！竟有「人其人，火其書，廬其居」之憤辭，而反乎聖賢「於人何所不容」之學者風度。學之不淳，量之不廣，以韓退之之賢，猶有此疵病，則文又豈易爲哉？至若經師大儒，宏才碩彥，溫公之筆，四六不能，鄭玄之文，通人不取；則又不可以辭章律之，蓋其經綸大而不屑於雕蟲小技耳，此不容執一以爲論也！客唯唯而退。

岳飛之和議賀表

朝有佞臣，將帥難立功於異域；論功行戮（乾隆進士吳錫麒謂岳飛爲宋高宗所殺，是論功行戮），忠貞蒙亙古之奇冤。信夫！奸佞賣國之可殺，而昏主害賢之足恨也！當南宋，秦檜主張與金議和，恐岳飛主戰，卒殺岳，猶可諉爲忠佞對立，必不相容。而宋高宗徇秦檜奸人之請，殺岳飛有功之臣，何顚倒若是哉？無非「自私」之故耳！蓋恐岳飛直搗黃龍，迎還二帝（徽宗欽宗），則高宗便要遜位，所以授意秦檜以「莫須有」三字殺之，以徇其私。甚矣乎，「私」之一念，誤盡蒼生國家，害盡忠貞良善，古今中外之所同慨也！

迄今正氣消沉，公道淪滅，明明聯合國公認其爲侵略者，而西方國家偏與之談和；明明麥克阿瑟元帥保韓有功，而杜魯門偏徇盟國之請免麥帥職。天下事，寧有眞是非耶？幸而麥帥生在美利堅民主國家，尚有民意機構——國會，爲了保障民主，容其公開申辯。若與岳忠武（飛，後謚忠武王）易地而處，其不遭害者鮮矣！現又重翻「韓國休戰」之舊版，與侵略者談和，舉世若狂，何有正義？茲讀岳飛上宋高宗之（謝講和赦表〉，千秋後，猶凜凜有生氣，足與諸葛亮之〈出師表〉，後先輝映！純臣烈士，謀國之忠，洵足流芳，垂範於百世也歟！表列后：

睹時制變，仰聖哲之宏規；善勝不爭，實帝皇之妙算。念此艱難之久，姑從和好之宜，睿澤誕敷，輿情胥悦。臣飛誠歡誠忭，頓首頓首。竊以婁敬獻言於漢帝，魏絳發策於晉侯，皆盟墨未乾，顧口血猶在，俄驅南牧之馬，旋興北伐之師。蓋夷虜不情，而犬羊無信，莫守金石之約，難充溪壑之求，圖苟安而解倒垂，猶之可也；顧長慮而尊中國，豈其然乎？恭維皇帝陛下，大德有容，神武不殺，體乾之健，行巽之權，務和衆以安民，迺講信而修睦，已漸還於境土，想可見其威儀。臣幸遇明時，復觀盛事，身居將閫，功無補於涓埃！口誦詔書，面有慚於軍旅！尚作聰明而過慮，徒懷猶豫以致疑！謂無事而請和者謀，恐卑辭而益備者進，臣願定謀以全勝，期收地於兩河！唾手燕雲，終欲復仇而報國！誓心天地，當令稽首以稱藩。

按此表，雖名爲賀「和議」之成，而結論，則重申其「主戰」之請，焉得不招「昏主佞臣」之忌哉！在岳忠武求仁得仁，完其「精忠報國」之大願，雖死猶生！而因「自私」以「談和」者，未有不爲高宗秦檜之續也，其結果，徒斷送國命，而爲千秋之罪人，永萬年以遺臭耳。

代唐紹儀擬聯輓徐紹楨

徐固卿（紹楨）清末爲新軍第九鎮統，參加革命，任聯軍總司令， 國父認爲克復南京第一功，後任大元帥府內政部長，嗣調廣東省長，歷任要職，致力革命，厥功甚偉！徐雖軍人，而著作甚富，於民國丙子年秋，老成凋謝，聞者哀之！中華民國第一任內閣總理（在北京袁世凱任總統時之首任國務卿也）唐少川（紹儀）先生，與徐固卿舊交甚篤，輓聯甚難下筆，因雙方身分，均要顧到，唐以第一任閣揆資格，輓第一功之聯軍總司令，而以寥寥廿餘字，包括其歷史、功勳、才能、抱負、時間歸納聯中，又値九一八日寇侵略東北國步艱難之日，無怪唐老數易其稿，而仍認爲不愜意，乃托林警魂、雷天鳴兩君訪余於滬瀆旅邸，請余代其捉刀。余詢悉來意，即代擬長聯，交雷君帶回覆命。聯錄后：

辛亥光復，首功獨崇，畢生憔悴驅馳，尚有文章驚海內；

丙子星沉，前型猶在，後死艱難締造，每聞鼙鼓哭天涯。

按此聯出比，以　國父讚美徐固老之首功爲根據，及將其致力革命之偉績，以「畢生憔悴驅馳」六字總括之，而對其「等身著作」，則用杜甫句改一字，爲出比之結句。對比，記徐固老歸道山之年，時值日寇鐵蹄，蹂踐東北之際，抗日復土，艱難締造，是後死者之責，而「聞鼓鼙而思將帥」，又是領袖人物口吻，使唐與徐均不失身分。

越日，唐托林雷二君約余暢談（唐老是時，不良於行，絕少外出）盛讌余於其家中，相與抵掌論天下事，甚快慰，唐乃指余而告林雷曰：「此君爲今世之張子房也。」余聆前輩謬獎，祇有汗顏遜謝，自知余所擬之聯，極之平凡，而所論天下之事，亦卑之無甚高論！想或長者誘掖後進之厚意，惟有益自惕勵耳！不圖余離滬後，越三年，唐老竟因流言中傷而被人誤殺！再數年，雷天鳴君亦溘然長逝！今也，只餘林君與余重晤於此，回首前塵，宛如一夢，自慚一事無成！徒馬齒之加長，負前輩之所期，能勿爲之愧憤交併而愴然淚下耶！

代袁帶林警魂擬聯輓龍思鶴

嶺表文壇耆宿龍思鶴先生，南海人也。道德文章，詩名政聲，爲世所重。獻身革命，無役不與，曾膺民社，廉潔自持，遺愛在民，交親善類。與筆者稔友袁瑞庭（帶）、林警魂友善，袁林兩兄嘗爲筆者稱道之。筆者與龍先生，雖未及一面之謀，亦未嘗接杯酒之歡，然心儀其人，神交已久。聞於本年一月二十四日歸道山，識與不識，同表悼忱！適袁林兩兄請余爲之擬聯，余所知先生往蹟，僅如上述，乃擬聯如后：

治學晉淳，才為世重；

化民成俗，政繫人思。

此聯雖簡，而先生之大概，未嘗遺也。今代袁林捉刀之便，藉達筆者景仰之情！昔張之洞與粵名儒陳澧（蘭甫），本爲同時南北兩才人，而素未謀面，僅屬神交，及張香濤（之洞）督粵，而陳已殂謝，張愴悼之餘，乃以祭鄉先生之禮，步行至陳靈舍致祭，此爲文人相重，惺惺相惜之厚道也。迄今大道淪胥，文化低落，振聾發瞶，起弊扶衰，正文人份內之事。而大雅云亡，哲人其萎，文壇碩彥，又弱一個！筆者不敏，雖不敢自比張香濤之才，然不能無張香濤惜才之意！今不獨爲龍先生哀，抑亦爲文化前途哀矣！讀「〈招魂〉哀些」之賦，正不知涕淚之何從？覽先生自壽之文，又轉覺性靈之長駐！而聞當世鴻儒，詞壇名宿，已發起爲先生追悼，則先生音容雖渺，對像彌深景仰之懷！而靈爽式憑，開卷（聞爲先生刊詩集）復作如在之想！謹掇俚語，以代致敬！如龍先生者，已眞箇不朽矣！

鶯飛草長憶江南

「春匆匆歸去，夏姍姍而來，雖然遊春人還在，怎奈鬢毛催！」這幾句，惜春人作憶春語，輒生「白髮催人老，亂離會合難」之感！正如蘇東坡之〈卜算子〉詞下半闋說：「纔是送春歸，又送君歸去，若到江南趕上春，千萬和春住。」可知青春易逝，今古同慨！筆者猶憶宦遊京滬，每於春秋佳日，江干駐馬，湖上停橈，當鶯飛草長之時，踐結侶尋芳之約，湖光山色，攝入胸中，鬢影鞭絲，奔來眼底，塵襟頓豁，吟興陡生，嘗填〈滿宮花〉詞一闋，以詠「遊春人」。詞曰：

日融和，花媚嫵，粉蝶搖枝嬌舞；輕風吹落小桃紅，燕子啣歸繡戶。

草芊綿，人容與，共羨春光如許！紫騮金勒繫垂楊，拾翠尋芳伴侶。

這首詞是寫在江南，且在「裘馬豪情」而又「攜侶偕行」的時候，固人生快意事也！厥後，奔馳南北，僕僕風塵，元遺山所謂「擾擾馬足車塵，被歲月無情，暗消年少」，堪爲筆者詠也！到而今，遙望王師，遺民淚盡！撫今追昔，能勿愴然！念天地之悠悠，悵浮生之逐逐！身棲香海，心繫神州，烈士暮年，老驥伏櫪。雖壯懷如昨，而霜髮催人，奮十舍之程，才同策駑；窮三餘之晷，技等雕蟲。猶謂國家興亡，匹夫有責；盡其在我，拼此餘生！偶憶當年遊春之詞，不盡今昔滄桑之感！誦盧仝〈樓上女兒曲〉：「鶯花爛漫君不來，及至君來花已老」之句，不禁爲之低徊幾許矣。

合肥縣之奇怪命案

安徽合肥縣，民國初年袁公爲縣官，其太夫人汪氏，三次以不同身分住此縣衙。初，太夫人之父桐城汪老先生爲合肥縣宰，她以小姐身分隨父涖任，住衙內；繼之，她嫁袁公之父，以太太身分隨夫寓衙；今則以太夫人身分，其子袁公板輿迎養於衙中。最巧合者，其父，其夫，其子均爲合肥縣知事，一若她與此衙門有特別緣法；而破此奇案時，又因她一言提醒袁公，卒按圖索驥，全案大白，此爲奇中之又奇者，案情始末記后：

合肥縣之套城（即外城）隙地，爲商販貨品散集地，有屠戶某，業於此。屠戶一日往收賬無所獲而回，一肚皮悶氣，無從發洩，擬覓酒家，借杯中物排悶，忽肚子作怪，此屠戶雖拉矢（大便）亦甚風趣，必擇一風涼地，以拉其風涼矢，乃走向荒塚墳頭，蹲在碑上，解其腰纏（北方人以有口袋之腰纏作褲帶，商賈多用之），放在一旁，正在一瀉如注之際，忽來一白兔子，竄至其旁，口啣腰纏飛跑，屠戶目注其竄入不遠之新墳隙穴之內，待大便畢，跟蹤追之，其所以急急如此者，因屠戶以一光洋（銀圓）置於腰纏袋中，爲壓袋錢，視同珍寶，以示吉祥，今被兔子啣去，焉得不急，用手探穴隙，覺腰纏在而光洋不翼而飛，兔子亦不見矣。

屠戶憤悶難消，乃借酒澆胸中壘塊，至酒家，呼酒，酒保以油炸小魚、鹵荳置其前爲下酒物。良久，尙未燙酒來，屠戶回顧酒保，促其進酒，就在此刹那間，有一貓兒伺其旁，瞰屠戶回顧時，貓攫小魚去，屠戶覺，猶見貓口啣魚，睨屠戶旋跑旋嚼，嚼畢，還回轉貓頭，向屠戶長叫一聲，即躍上鄰家墻頭，高踞牆上，目眈眈視。屠戶益忿甚，想今天收賬，收不到分文，已經氣煞，肚皮餓煞，拉矢又被兔兒欺負，丟掉壓袋光洋，更氣上加氣；現連下酒之小魚亦被可惡的貓兒攫去，很像今天命裡註定，特別要受人欺負，連畜類也要欺負了，豈有此理！兔子已被牠逃脫，無法雪恨，還有這貓兒高踞鄰家墻頭，像向我揶揄，和我挑戰一樣神氣，非送牠去閻羅殿報到不可，乃趕出去拾巨石往上一擲，但擊貓不中，石頭卻落在鄰家裡。他也不管許多，回到酒家踞案大嚼，痛飲其悶酒了。

不久，聞鄰家有女子哭嚷聲，大罵誰家殺千刀，拋石入屋，害殺人命。旋有官差到酒家查訊，由酒保及其他酒客指證，拋石者，是屠戶也。官差即將屠戶逮捕，袁公訊畢，將屠戶收押。退堂後，據情告知汪氏太夫人，以爲「屠戶誤殺，鄰家男子枉死」而已。

汪太夫人曰：「看這樣離奇的案情，恐怕不會如此簡單，兔兒啣物跑入新墳中，腰纏在而光洋不見，此新墳或有蹺蹊，貓兒得食不跑，踞墻頭待擊，石不中貓而殺人，則死者之家庭狀況，亦要徹查。」

袁公爲母挑醒，仔細沉思，確有道理，於是把全案線索勾稽，其關鍵在屠戶與新墳上著眼，先派人遍查屠戶之品行，及與被誤殺之死者平日有無恩怨，復密探死者之家世，及新墳之親屬。據往查之人報覆：屠戶平日與人無忤，與死者亦素不認識。復據密探稟告：死者姓賈名其銘，執教於某校，其妻楊翠花，是再醮婦，原爲賈其銘之同事，在某校任職；葬於新墳內者，是楊氏之故夫也。

袁公綜合「明查密探」所得「再三研究案中可疑之人，應在楊翠花身上著手。乃再密查某校中人，及與楊氏有認識者，得其詳情：楊氏具姿色，通翰墨，而其故夫爲一貌醜之俗子，楊氏常表示不滿，每興彩鳳隨鴉之嘆。賈其銘則爲鄰邑人，風流瀟灑，自在某校執教與楊翠花共事後，兩人交往甚密，雖未露桑間濮上之跡，但已有投桃贈芍之情，因人言可畏，嘗被故夫生疑，夫妻反目，詬誶常聞。嗣於中秋節，楊氏與故夫共膳後，其故夫是夕，即以「中風暴斃」聞，草草葬於新墳，服未闋，楊氏即改嫁於賈其銘，在酒家鄰居，爲其雙棲之所。

袁公獲此詳情，豁然而悟，決開其故夫之墳勘驗，太夫人又警告之曰：「開棺必須具有佐證，否則無以塞屍親之口，而自獲嚴譴矣。」袁公唯唯，即密訊屠戶當日追兔探穴之情，詰其尚能確認新墳之址否？屠戶詳說經過如上述並云確可記認原址。

越日，袁公即傳集兩造人證，並邀同地方紳耆，同往新墳，由屠戶表演當日「探手入穴，得回腰纏，失卻銀圓」之情狀。畢，袁公即宣稱須開墳破棺，以求眞相。楊氏立即反對，抗辯曰：「以區區失一銀圓之小故，而鬧出開墳破棺之大事，未免小題大作，且故夫屍骨未寒，受此法外之凌辱，人其謂公何？未亡人雖爲家貧而改醮，實逼處此，而故情常縈心中，更不忍睹故夫死後受辱也。」言時淚隨聲下。

袁公見其哭而不哀，心內已有數，遂亢聲斥之曰：「余決開墳破棺，以明眞相，一切責任，余獨負之，何曉曉爲？」乃立命土工（修墳者）、仵作（檢驗刑傷者）開墳破棺，見屍骸之肌肉未化，全身無傷痕，惟屠戶已睹其銀圓在死者臍上，詫曰：「奇哉！余之物也，何以在此？」袁命仵工取去銀圓，則有膏藥貼在臍上，揭去之，仵工報曰：「臍口塞有鐵釘一枚，長三寸，死因在是矣。」證據確鑿，顯為謀殺，而非中風，不容楊氏狡賴，乃招供，認與奸夫賈其銘同謀，殺其故夫，以償雙宿雙棲之願。袁公依律判楊氏以謀殺親夫之罪。屠戶無罪省釋。而冥冥中很像有主宰，假手兔兒引導，貓兒激動，令屠戶擲石，以代冤魂雪恨。在原子時代述此，似有近於迷信，但筆者確得諸合肥文友畢君口述，袁公為畢之父執輩也，其言之鑿鑿如此。

豈佛門因果之說，其可信歟？願質諸靈魂學者！姑錄某名士之「自曉歌」一段，以儆貪儆淫！

歌自曉，心皎皎，在山本優游，出仕儼作籠中鳥，公門原亦好修行，道高愈防魔引挑，貪泉和色關，易使人紛擾，任教智與愚，不惑者殊少！君不見白浪滔滔，紅塵渺渺，浪淘去霸業奸雄，塵掩盡秦宮吳沼，爭什麼富貴浮華？戀什麼佳人窈窕？一霎時撒手西歸，黃泉魂繞，只剩得芳草綠楊，煙雲縹緲，那時始悟色空，未免遲了！……

神童異誌數則

古今來，神童異事，代有其人，或聞諸故老相傳，或據於典籍所載，均足述也。爰摘數則，列舉如后：

一　駱賓王

駱賓王，浙江義烏縣人也，唐，高宗朝，與王勃、楊炯、盧照鄰齊名，海內稱之爲四傑，即所謂王、楊、盧、駱四才子也。七歲時，能賦詩屬文，後爲道王府屬，歷武功主簿，武后時，數上疏諷諫，因斯得罪，貶授臨海丞，鞅鞅不得志，棄官去。文明中，徐敬業討武氏，駱賓王爲府屬，作檄傳天下，斥武后罪，武后讀之但笑，及讀至「一坏之土未乾，六尺之孤何託？」（《四庫全書》及《萬有文庫》所編駱集則載「六尺之孤安在？」而非「何託」，因《古文觀止》及《古文評註》均載「何託」，俗已習稱之），武后矍然曰：「誰爲之？」左右以賓王對，武后曰：「宰相安得失此人？」徐敬業敗，賓王亡命不知所之。賓王七歲時，曾作〈詠鵝〉雜言。（歌也）

詠鵝

鵝鵝鵝，曲項向天歌，白毛浮綠水，紅掌撥清波。

註　此歌依《萬有文庫·駱丞集》載，《四庫全書》第二句則是：「仰面向天歌」，而非「曲項」也。

二　陳白沙

陳白沙（獻章）廣東新會縣白沙鄉人也，明朝入郡賢，理學家也，著有《白沙集》，爲其門人湛甘泉（若水）等所刊。八歲能詩文，嘗隨長輩往江門趁墟（明江門尚爲墟市，以月之二五八日爲集墟期）長者命其詠詩，白沙先生口占七絕一首：

趁墟

二五八日江門墟，既買犁鋤又買書；田可耕兮書可讀，半為農者半為儒。

其髫齡詠事，即立志如此，詩以言志，無怪後來成一代名賢，嶺表文風，受其影響，而有海濱鄒魯之稱，厥有由也。

三　汪躍門

汪躍門，廣東南海縣人也，爲清代探花，幼時能詩文，纔九齡，值中秋節，舉家敘於庭賞月。是夕，月色無光，乃祖悵而賦詩，得二句，未能即續，躍門應聲而續成之。

中秋月無光

天公今晚意如何？不使蟾光照碧波！待我明年遊上苑，探花對月問嫦娥。

後躍門果入翰苑而中探花，是預兆歟？抑立志高而獲售歟？二者必居一於斯矣。

四　戴才子

戴才子，粵之曲江人也，八歲隨父至學院，遊於園中，伊見長春花盛開，摘花一朵，藏袖內，適學正（提學使）出，喜其可愛，出一聯曰：

小童生暗藏春色；

戴應曰：

老大人明察秋毫。

梁狀元之哀艷長聯

清季梁若灝，舉孝廉後，上京會試，灝行，所戀之妓名寶蓮者，爲之餞行，客散更殘，留髡香閣，綿綿情話嚙臂盟心，冀梁返棹之日，即作桃葉之迎，使其脫樂籍而出火坑，言時，聲淚俱下，摯情動人。梁允之，云待掇巍科，錦衣還，然後出孟家嬋於平康里。兩情依依，珍重而別。從此梁即間關北上，春風得意，奪魁掄元，瓊林宴罷，奉旨還鄉，待營金屋。不料纔抵里門，即聆噩耗，詳加查訪，始悉內情。原來寶蓮自得梁郎之鼎諾，允爲護花之金鈴，喜上眉端，芳心暗慰。詎知好事多磨，紅顏薄命，禍起於豪門之潘某，恃其百萬之銅臭，彼對寶蓮早存問鼎之心，此次乘梁生赴京之際，乃賄其鴇母，脅之以威，誘之以利，迫其就範，寶蓮弱質無援，難抗暴力，由是佳人已屬沙叱利，誰憐分飛之勞燕？義士更無古押衙，迫作籠中之小鳥。迨梁名題金榜，得志榮歸；而潘瞞卻玉人，授意鴇母；詭稱寶蓮已死，冀絕前度之劉郎，梁雖偵知其情，爲保狀元之令譽，既不願與潘爭伎，又不甘任其奪愛，輾轉思維，乃得一計，裝作受鴇所愚，信其愛人玉隕，爲之延僧作法，建醮超幽，親撰輓聯，高懸法壇之上，復以重金賂寶蓮之女傭，抄錄聯文，暗置粧閣，以窺測寶蓮之反應如何。聯曰：

試問十九年磨折，卻苦誰來？如蠟自煎，如蠶自縛，沒奈何羅網橫加，曾語余云：子呀，須憐薄命者！忍不一援手耶？噫嘻，良足悲矣！憶昔芙蓉月下，楊柳風前，舌妙吳歌，腰輕楚舞，每藉酡顏之醉，常勞玉腕之扶，會真無此樂，天台無此緣，廣寒無此遊，縱教善病工愁，為郎憔悴，尚與我談心永夜，數盡雞籌，況平時嬝嬝婷婷，齊齊整整；

不圖三五月歡娛，竟拋儂去，望魚長渺，望雁長沉，料不定琵琶別抱，然為渠計，卿乎，豈昧夙根哉？而肯再失身也？嗚呼，殆其死歟！迄今荳蔻香消，蘼蕪路斷，門猶傕認，樓已秦空，難招紅粉之魂，枉瀉青衫之淚，女媧不能補，少君不能致，精衛不能填，除是降靈示夢，與爾周旋，等大家稽首慈雲，乞還鴛蝶，或者有生生世世，婦婦夫夫。

寶蓮見聯，感梁郎之多情，怨自己之薄命，痛不欲生，惟求早死，既失身於傖夫，縱留殘軀，亦不堪以事君子，遂一病奄奄，於梁狀元遊街經過門前之際，竟墜樓而死。
潘某摧花固罪無可恕，而梁聯促其死，計亦忍矣。

晴湖月夜

浙江杭州西湖，位於杭縣城西，周圍三十里，三面環山，亦名「錢塘湖」；及名「明聖湖」，又有「外湖」、「裡湖」、「後湖」之稱。因蘇東坡有「欲把西湖比西子，淡妝濃抹總相宜」之句，而亦有以「西子湖」名之者。其間勝境，如「岳王墳」、「蘇小墓」、「梅林」、「鶴塚」、「處士墓」、「湖心亭」、「雙高峰（南高峰、北高峰）、「三潭印月」、「靈隱寺」（清時改名雲林寺，在靈隱山，此山又名武林山，亦名靈苑，一名仙居，《寰宇記》謂許由、葛洪皆隱此山之西，有北高峰，爲靈隱最高處，奇勝與南高峰相埒），是其尤著者也。湖水昔不澄冽，但產魚蝦甚鮮（昔嘗產螃蟹，現已絕跡），遊客每就便購之，爲下酒物，允稱雋品。騷人韻士，選勝登臨，湖上停橈，飛觴醉月，於春秋佳日，結侶尋芳，洵足樂也！惟遊湖有晴雨之分，當其雨也：如萬絲紛墜，千絮齊飛，一片迷濛，含山欲吞，舟泛綠波，人倚紅欄，煙雨飄來，塵襟盡滌，逸興嗣湧，詩思如潮，此雨景之足遊者。當其晴也：雨收霧散，景物紛呈，一葉扁舟，流連忘返；及至東山月上，樹影交柯，雲澹風輕，神遊物外，洞天福地，疑非人間，此晴湖之別緻也。筆者嘗於雨後遊湖，賦得〈晴湖月夜〉七言律詩一首，以紀其事，工拙非所計也。詩曰：

湖上春光逗客遊，風輕雲澹雨初收。雙峰月影千株樹，萬頃煙波一葉舟；
夜泊梅林懷處士，醉尋蝶夢擬莊周。超然物外塵襟豁，樂與漁樵友鹿鷗。

美人圖十詠

昔人題半身美人圖有句云：「可恨丹青無妙筆，動人情處未曾描」。又有題裸體美人圖句云：「畫裡眞眞呼欲出，未曾眞箇已消魂」。雖能刻意形容，入木三分，但筆者頗嫌其褻，近於輕薄，爲雅人所不取。詠美，以「含蓄不露，描寫入微」者爲上選！邇見某女史之十美圖分詠，詩筆細膩，韶秀淡雅，兼而有之。詩錄后：

十美圖分詠

凝妝

曉粧初罷出房櫳，閒看庭花樹樹紅；立久偏多惆悵事，好將春意付東風。

弄箏

閒尋女伴弄秦箏，休向花前訴有情；共笑嫦娥偏習靜，夜深人寂倍清明。

踏青

繡鞋徐步踏青時，流水橋西弄柳絲；猶見梅梢鎖殘雪，杏花幾日放胭脂。

調鶯

湖山石畔草萋萋，兩兩流鶯遶院飛；侍女戲將紅豆擲，教他飛向柳枝啼。

護花

鳥啼花落春歸去，簾外薔薇一架香；吩咐侍兒微雨後，好移芍藥向東廊。

閨怨

紅羅錦帳美人閑，水浸梅花畫閣間；冽冽寒風吹朔雪，高樓征婦怨關山。

工愁

庭雪初消月半鈎，輕漪月色共相流；玉人斜倚嬌無那，常鎖春山日日愁。

善感

淺恨深情束細腰，簷前碎雨滴芭蕉；香煙一縷愁千縷，好付春心帶雨飄。

幽居

獨坐清齋小簟幽，紫薇香暖透簾幬；沈腰潘鬢都應假，只有多情宋玉愁。

懷春

昨夜纖纖雨過時，強扶春病看花枝；無聊獨倚湖山畔，蝴蝶雙飛那得知。

戲擬某市長代攤官招賭鬼文告

爲佈告事，照得：賭博唔輸，爲生涯之第一；搵錢最易，以番攤爲無雙。籌賭餉之大宗，爲行政之的款。幾百萬誰能睇化？一文錢都想撈埋。所以講到禁賭，市議員多是搖頭；借賭發財，地方官一齊鼓掌。本官蒞任，好事多爲，既剷地皮，又吸民脂，欲辦新政，仍靠賭款。國際公法，等於具文；海澨畸形，何妨自主。由是高陞攤官，稱爲老總；謀諸賭鬼，視若財神。商務會，議事會，均表同情；文官員、武職員，猶思染指。警界尤爲保護，紳士亦可應酬。一部分多入荷包，四方城大來貢品。開賭之日，特徇賭商之請，爲示招賭之文。曰：

夫賭館原為製盜廠，而博場亦是發財門，本官志在四方，務求兩益，方城四面，宛同柳巷花街（特備女侍應，以娛賭鬼）；短竹一條，莫作鋼刀利刃。鄉下佬，賣去存穀，早完賭局之糧；打工仔，出了私貨，好納防務之餉。自示之後，爾等賭鬼，快來進貢；若稍刁蠻，或圖抵抗，似此惡習，固違賭律，殊礙餉源。本官雷厲風行，不稍寬假，必殺到血流蓆面，魂淹錢檯

（番攤檯，昔有銀檯、錢檯之分，「錢檯」二字，又與「泉臺」諧音）；誓不准留存殘生，饒其孤注。將因爾於四方城中，斬爾於斷頭台上。決使投胎無望，永為煙鬼之芳鄰；務令果腹莫能，祇給紅丸以充飢，或者丹成九轉，淚瀉兩行；祇容其作白粉之道人，亦可充黑籍之紳士。從此共維秩序，確保公安，歌舞昇平，功錐鬼籙，繁榮市面，咸利賴之。其各凜遵，毋違此示！

按上文，以粵諺爲駢文，以遊戲爲雅諷，雖出之於滑稽，而於人心世道，社會風氣，亦可視同我佛之當頭棒喝也！

與楊咽冰登山臨水之題詠

楊咽冰先生，江西名宿，文章道德，爲世所重，嘗爲　國父記室，嗣充江西都督李協和（烈鈞）之秘書長，旋調江西省民政長（即江西省長），風骨稜稜，清風兩袖。李都督以二次革命失敗，遠走東洋，楊亦同其進退，隱居山林，遨遊泉石，閉戶著述，避離塵囂。於民廿四年重遊羊石，訪舊尋幽，日與文友登臨山水，詩酒流連。時值南天王陳伯南（濟棠）提倡讀經，崇尚道德，組明德社（當時鹽運使陳維周先生兼社長，事繁不遑兼顧），以發揚文化，振勵民族精神，意甚善也！因陳運使事繁，伯南聞楊咽冰先生蒞粵，空谷足音，跫然而喜，擬聘楊先生繼陳維周而爲明德社社長，囑文友李懷霜（李時在第一集團總司令部政訓處任少將主任秘書）向楊致意，因筆者與楊爲文友中之忘年交（楊是時，年剛六秩；筆者僅不惑之年，楊長於余廿歲），時有往還，唱酬不輟，李懷霜亦囑余從旁勸楊接納伯南將軍之聘，以分維周老先生之勞。余亦願楊助西南當局重振嶺表文風，在聯袂登臨，吟風弄月之際，嘗以造福蒼生勗之。一日，相約遊山玩水，登越秀山（亦名粵秀山，俗稱觀音山）五層樓（昔爲南越王所建之故址）。山上有紀功碑，是紀革命烈士之功也。時碑巔因觸雷而毀其尖頂，山下為　國父任非常大總統時之總統府故址。楊先生弔古懷舊之情，喟然而發為吟詠，其「重過總統府故址」詩中有句云：「太息無人行主義，知公泉路哭聲哀！」是諷革命信徒，以繼承　國父遺志自任，而未嘗篤行　國父之三民主義，為此感嘆。（總統府故址，是時已改為中山大學學府，後經故校長鄒魯建石牌中山大學新校舍後，始將舊校原址，變價售出，以用於建新校。）楊復詠「登越秀山」七言律詩二首，藉以寄懷。

登越秀山

其一

紀功碑與白雲齊，拾級登臨望欲迷！四面河山如許小，一城樓閣已全低；
人間正氣憑雷鬥，夜半歸魂化鶴棲；惆悵昔時人不見！五層樓下草萋萋。

其二

越秀山巔一柱擎，我來渾欲御風行！凝眸祇有鳶飛影，入耳全無鵲噪聲，從此出頭真莫敵，卻愁失足便無生！老人別有傷心處，降級歸來涕淚橫。

按楊先生詠此二詩，意有所指，蓋感於　國父逝世，正氣消沉，故有「化鶴棲」、「憑雷鬥」之警惻語。至「卻愁失足」，則隱示不願接掌明德社之意。余睹此，即暗告李懷霜君曰：「事不諧矣」，李亦頷首者再。後捨陸登舟，遍遊海上，楊顧而樂之，促余曰：「如此美景，春秋咸宜，子不可無詩，盍以舟行四詠，描寫春景秋景，可乎？」余曰：「可！」，乃成四絕：

舟行四詠

其一

芊芊芳草綠平川，遠樹微茫插遠天，春水一江帆影亂，野花迎棹向人憐。

其二

黃鳥啼時春已闌，扁舟載酒惜花殘，遠山如黛波如鏡，宜入瀟湘畫裡看。

其三

舸搖秋水碧如天，兩岸蘋花落日邊，只有楓江秋色好，賣魚沽酒盡漁船。

其四

輕雲澹澹水悠悠，野鷺沙鷗浴蓼洲，楊柳煙斜臨古渡，小橋深處一漁舟。

余詠畢，楊曰：「子之詩思，已有隱遯之意乎？」余曰：「然！丁此物慾競誘，民德消沉，舉世滔滔，恐欲隱而無地矣！自愧非匡濟奇才，而有嶙峋傲骨，宜乎藏拙！何羨封侯？」楊亦相與噓唏！

以打油詩再答客問

客昔以「爲詩爲文之道」問於余，余於此道，僅涉獵耳，何感自炫？乃於本月二日，以「答客問詩文」爲題，登於本欄，謂：「余於詩也，未窺涯涘；余於文也，未登堂奧，奚足以當子問？」以此作答。因客以其所作倣古之文示余，請余爲之評判，余雅不欲爲正面之評，乃將古人論文之道，演述以喻之。因內有「如曹參守蕭何之法，如光弼將子儀之軍」之句，適工友將「曹」字誤植「曾」字，錯得眞有意思，無意中將漢代丞相曹參，變成了周朝大賢曾參。無怪客又以此質疑，日前接其來書云：「何以周時曾參死後許久，還要守漢時蕭何之法？」問得確是妙不可言！余見此問甚爲有趣，而且錯得亦妙！客既以滑稽之問相調侃，余何妨以打油之詩示詼諧，既可博客與讀者之一粲，而避免文壇不必要之紛呶。（因前見某報有人指責李建豐君〈三月三日遊沙田梅苑〉詩中「把留守誤爲太守」之疵，諸多挑剔，安知不是排印之誤乎？）於是吟其打油詩，以答客問。詩曰：

曹參誤認作曾參，漢相周賢混一談；怪底近來多變亂，女人亦可改為男。

註　近世科學昌明，醫界將陰陽人亦可改造，男變女，女變男之事，時有所聞。則漢相周賢之混，留守太守之訛，一字兩字之錯，亦意中事也，何足為奇？文章詩詞，雖關風雅，然亦未嘗不可以遊戲出之，雅謔不虐，庸何傷？若涉敵意，便犯「文人相輕」之習，失卻「嚶鳴切磋」之義，竊為大雅君子所不取也！質諸高明，以為何如？一笑。

武聖關帝廟之三聯

（一）昔清季狀元莊有恭，粵人也。主考江蘇時，因他是廣東狀元，江南的秀才們，其中有一部分瞧不起他，卻巧老莊這天微服出外聊天，藉以觀風問俗。莊平日出外，都是「非輿即車」，此次步行，偶感疲乏，乃進酒家歇息，正獨酌間，忽聞鄰座有幾位秀才談天，中有一人曰：「下旬便要進場應試，你們還不溫習？」其餘各人異口同聲答曰：「這種三字經主考，豈有高深試題來難倒我們嗎？何必溫習。」（所謂「三字經」者，言其淺也），莊聞之，默記在心，至開考出題時，就出「性相近也，習相遠也」爲題，令進場的秀才們多擱筆。至任滿，莊將離蘇時，適當地新建一關聖廟，門首刻石之聯，由紳士們請莊狀元親題，莊遂借題發揮。聯曰：

匹馬斬顏良，河北英雄皆喪膽；

單刀赴魯肅，江南名士盡寒心。

（二）新會城李巷關廟，經日寇蹂躪，廟址頹廢，日軍投降後，邑人重修關廟，函余要求書以廟聯，並捐資爲之助，筆者所書者，爲清某士代關帝辯護之聯也。聯曰：

秉燭豈避嫌，獨思心中還有漢；

華容非報德，此時目下已無曹。

此聯最能寫出關帝個性，與其氣魄，而忠於漢室的心懷，亦躍然現出。

（三）明末，有某進士，忠於明室，惟見國勢日頹，賢才不出，愵焉憂之。遂化裝在北京正陽門外關廟門首，擺拆字攤，藉相命以訪英賢。不料一歷十年，而碰不著一個理想人物，憤而書一聯懸於廟前，以責備關帝。聯曰：

漢封侯，宋封王，大明封帝，聖天子可謂厚矣；

外有寇，內有盜，中原有賊，上將軍何以處之？

此聯非無理取鬧，某進士為國之一片孤忠，誠足嘉也！

江寧縣婚變復合之奇案

清道光間，江蘇省江寧縣（今之南京也，清屬江寧府轄治）有一婚變復合奇案，其中情節，悲歡離合，兼而有之。在縣城之東，有梅園，爲首富梅子平之別墅，梅與妻王氏，女占春，同居於此。梅性吝嗇而慕勢利，設長生庫於城內，常旬日不歸家，在店中監視夥伴，主持店務，鉅細不遺。女占春，貌端麗，性淑慧，八歲，即延師在別墅授課，有表兄李守一亦就讀於此。李父遊至鄰省，母居鄉，託梅妻照料守一。守一天資聰敏，用功亦勤，在梅家五年，已十四歲，詩文通順，師許爲可造之材，與占春，青梅竹馬，兩小無猜，親密如骨肉，時相切磋，梅夫婦顧而樂之，謂守一曰：「爾宜努力求學，如能采芹（秀才）折桂（中舉），即以占春配爾。」此言，守一與占春所共聞也。

越年，守一隨父至鄰省，受業於名儒之門，遂與占春分袂，中懷耿耿，惜別依依，從此欲表寸衷，惟憑尺素而已。至歲暮，守一還鄉省母，至城中訪占春，久別重逢，欣慰無限。梅妻王氏，留守一在別墅住些時，使表兄妹共研文翰，不廢學業。但兩人年已漸長，才貌亦相當，且同硯五年，情苗早生，更經梅氏夫婦同意守一爲東床之選，兩人平時亦儼然以一對小夫妻自居，恆相關懷，感情自深，花間弄笛，月夜填詞，其樂無艾。

豈知樂極生悲，好事多磨，入春後，守一又唱驪歌，再赴鄰省，繼續攻讀，而心懸表妹，一刻難忘。就在此時，有名宦陳其光之子陳輝仁者，年弱冠，知好色則慕少艾，偶於遊春尋芳之日，經梅氏別墅，睹占春偕侍婢娟兒在園中採花，驚其艷，方注視間，占春已覺園外有少年窺伺，即匆匆返璇閨。由是一瞥驚鴻，深印陳生腦際，寢饋失常，神魂顛倒，單戀之病遂日甚，醫者束手，斷爲心病，非得心上人不能治。陳其光夫婦以暮年只有此獨子，舐犢之愛，人之常情，詢悉其致病之由，即託當地縉紳向梅子平爲子求耦，梅子平以勢利商人，今見巨室垂顧，受寵若驚，把過去口許李守一之諾言，拋諸九霄，允與陳家聯婚，亦未與妻女言之，即約以文定日期，事後始告諸王氏及占春。占春聆訊，如晴天霹靂，當父母前，不敢抗議，回閨閣後，體已不支，竟昏厥。

侍婢娟兒，見梅占春小姐忽爾暈厥，驚得手足無措，呼之不應，急走報梅母王氏。王氏即促梅子平速延醫來，自己立往女兒閨房視病，目睹掌珠失卻知覺，不禁老淚汍瀾，哭呼占春，手搖其體，漸漸回甦，問其何所苦？占春眶含珠淚，默然不語。醫來，診斷爲突受過分刺激，心臟衰弱，故有昏迷症狀，處方後，命配藥，服後，仍無起色，時發譫語，且低喚守一之名，旋又沉睡。梅子平與王氏惄焉憂之，遍訪名醫，屢治罔效，但眾口一致，認爲心病。

陳輝仁自得梅家允其所請，病亦霍然而癒，陳府即備聘禮，舉行文定，梅子平受禮後，對冰人述知，謂女病未痊，且年尚幼，結婚從緩，請媒向陳其光覆命。囑王氏勿告其女，免傷其心，另懸重賞，再訪名醫，期起沉疴。王氏雖怨子平輕率允陳家之婚，但事已至此，無法改變，常與子平詬訾，亦莫可如何。惟思女之心病，倘得守一慰解，或勝藥石，乃密託人探詢守一歸期。

恰遇試期，李守一奉父命返原籍應試，兼還家省母，旋鄉後，擬入城訪晤占春，藉慰相思之苦。詗獲悉婚變及占春病訊，心如刀割，反不敢往梅園探視，免遭子平白眼。且試期在邇，須勤習功課，以備進場。乃在寺中稅居，取其幽靜，適於讀書，寺中遇一奇僧，通文武，習歧黃，凡病者求醫，輒藥到回春，不受餽贈，病者德之，交口稱譽。僧沉默寡言，但與守一甚投緣，常過書齋暢敘，見守一用功雖勤，而面有憂色，異而詢之，守一實告，僧曰：「子勿憂，俟試畢，貧衲爲公子了之。」守一雖唯唯諾諾，知僧素不妄言，仍不免疑信參半，信僧之誠有餘，而疑其力之不足也。暗忖以陳其光之財勢，梅子平之勢利，且經文定，事難變更，僧豈有旋乾轉坤之力耶？

既僧言如此，惟有待進，考試後，再看老和尚之妙法如何。於是集中精神，準備赴考。屆期，進場應試，所作詩文（八股），均感滿意，希能獲售，及見放榜，喜出望外，竟得案首入學（第一名秀才）名列前茅。因學正（提學使）於覆試時，見其年僅十六，有此造詣，且儀表出眾，氣宇軒昂，料非池中物，有意栽培，拔為首選（清之試場慣例，凡秀才第一名，如將來不犯場規，可有中舉之望）。守一回鄉謁祖叩母畢，即到寺中訪僧，求為設法，使與梅占春復合。僧曰：「在爾試期中，老衲已應梅子平之請，到梅園為占春治病，已密告占春，爾於考試完場後，可以和她相會。她聞之甚喜，病亦減輕，連日治療，可占勿藥，待其復元，即引爾相見，衲另有成全爾等婚姻之法，臨時再授爾以計，稍安無躁。」守一稱謝，訂期再訪，回家靜候。

越旬，往寺晤僧，僧曰：「可以見矣。」附耳授以計，並出藥丸一包，囑守一依計行事。守一待至更闌人靜，至梅園，敲壁，娟兒開後戶納之，引入占春粧閣，兩人久別乍逢，喜悲交集，在占春則喜箇郎青雲得路，悲此身彩鳳隨鴉！在守一則喜玉人之康復，悲情海之波瀾！萬種離愁，千言難盡，雨般心緒，一片痴情，拼死纏綿，盡情發泄，良宵苦短，密語偏多，及至雞鳴，叮嚀後會。

從此梅開二度，詩詠三章，頻頻偷歡，共明心跡，占春誓死不爲陳家之婦，守一相機以行老僧之謀，成竹在胸，智珠在握，兩情倍洽，一體盡溶。未幾，陳家遣媒通知坤宅，明春諏吉迎娶，梅子平見女近來容光煥發，喜上眉梢，老懷頓慰，只有備辦粧奩，以待遣嫁。守一得訊，即將僧贈之丸，交占春密藏待用。

轉瞬冬去春來，占春嫁杏期邇，梅家夫婦，忙於張羅奩飾，款接親朋，忽據娟兒報云「小姐舊病復發」，急再延老僧診治。時守一亦以表親關係，被請到梅家勷辦喜事，聞訊，陪同梅子平夫婦及老僧進璇閨視病。見占春兩目緊閉，氣息奄奄，僧診症畢，曰：「此次病較前更劇，姑盡人事而已。」處方後即辭歸。梅家夫婦急命人煎藥灌之，良久，病勢未稍減。越日，當迎親之彩輿臨門時，占春已病在彌留，面如土色，忽然暴斃。新郎陳輝仁依古禮親迎，見事出意外，親臨閨榻展衾一看，死狀可怕，從前之杏臉桃腮，現變爲夜叉羅刹，乃掩面疾走，不顧而去。梅子平急得抓耳跳腳，依迷信習俗，認爲不祥，因蘇俗已受聘之女，不死於外家。急託媒通知陳家迎屍安葬，竟遭陳家拒絕。只得草草薄殮，將棺棄置於寺之空房內。入夜，李守一趕到寺裡，則老僧已將占春救醒，藏在守一昔日寄住寺中讀書之房內，候守一來，攜之回鄉。守一即派心腹人以小輿迎占春還鄉，登堂拜母，擇吉成禮。守一在家奉母，下帷苦讀，紅袖添香，益加奮勵。遇考期，文場再捷，中第六名舉人，鄉人演戲慶祝，城鄉縉紳，均來助慶，並向李母道賀，占春扶太夫人出堂答禮，被縉紳中曾爲陳家作媒之紳士瞥見，回報陳家，再檢查寺中之棺已空，遂斷定占春復甦，已嫁作李守一婦，密查屬實，即訟於江寧縣，經知縣王秉忠審訊，綜合案情，判令梅占春與李守一之婚姻爲合法，陳家所請不准。判曰：

審得：陳輝仁慕姿色而求耦，動機非出於真誠；梅子平貪勢利以許聘，立心違反乎前諾。陳家聞死婦而拒迎遺體，夫義何存？梅宅將亡女以棄置空門，親恩亦絕。而況梅占春與李守一，五年同硯，早種情根，再世奇緣，應諧嘉耦！長卿之悦，不為挑琴；宋玉之招，非關好色。因長輩有登第乘龍之約，奚可食言？則少年成宜家跨鳳之儀，尚能合禮！死灰有復燃之日，寒谷逢乍轉之春，既琴瑟之已調，枝成連理，便葛藤之當斷，判令完案。

此事雖賴老僧之設計，及縣官之秉公，令李梅能諧佳耦，但李梅之摯情與決心，實足感人！否則僧與官未必肯助之也。

醫學上之陰陽釋義

陰陽者，代表「原動力分合化育」之義也；五行者，代表「各性能生剋循環」之理也（五行亦爲陰陽二氣所支配）。世人不識，目之爲玄虛（玄則玄矣，虛則不虛），誤矣！從生理、病理、醫理簡淺言之：人體之水分化液而爲陰，熱力化汽而屬陽。無水分之陰，不足以潤陽氣之燥；無熱力之陽，不足以化陰氣之濕。苟陽氣過燥而激越，寖成陽亢之症，非養陰不可以降陽；若陰氣過壅而凝滯，寖成陰蔽之症，非扶陽不可以化陰；倘陰陽兩虧，氣血全虛，寖成虛脫之象，非扶養陰陽，厚培元氣，不可以救其危殆。厥理至明！世人昧於固本，病則治標，未有不僨事者。內經所謂「人生恃氣以運化」（運行消化），「藉血以滋養」（滋潤營養），故曰：「血爲營，氣爲衛」，二者缺一不能生存也。西醫不言陰陽，衹從跡象分析，則曰「熱力」與「水分」；中醫簡言陰陽，多從狹義分析；則曰：「氣爲陽，血爲陰。」實則陰陽之涵義，至廣至大，至精至微！今略舉例以分論之：（一）氣有冷熱：冷氣爲陰，熱氣爲陽，是氣有陰陽之分矣。（二）血有濁清：濁血爲陰，清血爲陽，是血有陰陽之分矣。（三）態有動靜：靜態爲陰，動態爲陽，是態有陰陽之分矣。（四）性有剛柔：柔性爲陰，剛性爲陽，是性有陰陽之分。（五）脈有浮沉：沉脈爲陰，浮脈爲陽，是脈有陰陽之分矣。（六）病有寒熱虛實：寒爲陰，熱爲陽，虛爲陰，實爲陽，是病有陰陽之分矣。（七）症有表裡：裡爲陰，表爲陽。病症有陰陽之分矣。（八）經（十二經）有臟腑：臟爲陰，腑爲陽，是經有陰陽之分矣。若推而廣之，則天地爲萬類，四時五行，無一不在陰陽化育之中。合而言之，順而行之，則陰陽會通，水火既濟，母子相生，循環不息，由是而生存矣。分而離之，逆而行之，則陰陽失序，水火不調，子母相剋，運化不靈，由是而病或死矣。所謂「水分」以喻「陰」，「熱力」以喻「陽」，僅從生理上之跡象，舉其片鱗隻爪以淺釋之耳（原子能之輻射性，亦陽力作用之一也）。其廣大精微之奧義，豈祇人體之六氣（三陰三陽），三焦、四肢、五官、十二經、十五絡，以至皮、肉、筋、骨、脈搏、泌液、呼吸，無不在「陰陽盈虛消長分合化育」之中。即天之六氣（風寒濕暑燥熱，亦謂之六淫），地之五行，世之氣運，人之存亡，物之榮枯，又何嘗不在「陰陽盈虛消長分合化育」之內。蓋由太極之「混元一氣」以生兩儀而成陰陽，則宇宙間一切，亦受其支配，故余釋之爲原動力，不亦宜乎。

渡海歸舟景入詩

邇因友人張某（東莞爆竹商也）患病，遍體浮腫，寸步難行，知覺失常，經中西群醫治療，尚未奏效。張妻延余診治其夫，診得脈浮數而間歇（間歇，脈經所謂「代脈」也，除孕婦應見代脈外，餘均凶象），命門火更弱甚，且血壓亦高，余斷爲「腎蓄水」症（蓄水，腫症，古醫有胃蓄水、脾蓄水、腎蓄水之分），以「眞武湯加味」治之，並特製「加味腎氣丸」，使標本兼治，經旬日，首面四肢腹腫全消，兼旬，血壓回平，已能行動，神智亦較清醒。不過張君以六十六高齡，「補償機能」衰退，余再以「十補丸」及「調和心腎湯」合治，匝月而痊。昨再延余渡海診其戚，及爲張君善其後。余歸時，已夜色蒼茫，在渡海船中，遠眺萬家燈火，宛如繁星，影入碧波，浮光蕩漾；岸上大廈連雲，高擎虹管，儼排儀仗，佇立迎賓；昂首長空，新月穿層雲而出，彩雲亦步亦趨，有意烘托，擁月飛渡銀河，耳畔更聽得風送濤聲，波與舟相擊，若合節拍，似奏凱旋之歌，以祝余此次爲病者除痛苦，克病魔，全功而還。頓覺胸懷爽朗，心境愉快，入目都成美景，饒有詩意，興之所至，口占七絕。詩曰：

倒影繁星漾碧波，彩雲擁月渡銀河；迎賓虹管排儀仗，風送濤聲是凱歌。

俚吟雖從幻覺描寫現實，而筆者意之所寄，則在救國，「倒影繁星」、「彩雲追月」、「迎賓」、「凱歌」均有所指。

答客問儒家中和之道

客有問余曰：「儒家中和之道，可得聞歟？」余曰：「大哉問！」古稱儒者，通「天人之學」謂之儒，《禮記》〈儒行篇〉（記孔子對魯哀公語，論儒者之品行也）釋文曰：「儒之言優也，和也，言能安人能服人也。」猶言學者而宗聖人之道，昔之人，最重儒，宋程伊川謂「張良有儒者氣象」，清袁簡齋著論直斥其非，謂張良挾策尙術，謀士耳，其阻高祖立六國之後，非仁者，未得爲聖人之徒也。《漢書》云：「儒家者流，游文於六經之中，留意於仁義之際，祖述堯舜，憲章文武，宗師仲尼，以重其言，於道爲最高。」儒家首重「克己」，以能制勝自己私慾。《論語》曰：「克己復禮爲仁。」由致知、格物、誠意、正心、修身，以至推己及人而齊家、治國、平天下，此大學之所謂道也。而「中和之道」，始於黃帝（《白虎通》：黃帝始作制度，得其中和），踵行於堯舜（《尙書》：堯曰，允執其中，舜曰，惟精惟一，允執厥中，《書》又曰：協和萬邦），大成於周公孔子（《易經》：九五之吉，位正中也，和兌之吉，行未疑也），儒家釋中和之義，既詳且明。《禮》曰：「喜怒哀樂之未發，謂之中（蘊於中也以誠），發而皆中節，謂之和」（形於外也以和），又曰：「致中和，天地位焉，萬物育焉。」所謂天地位者（位正中也，天地人三才，人在其中，人身五體，心在其中，收其放心，道在其中），有尊卑倫常之序也；萬物育者（和以育也，天地兩儀之氣，以陰陽和而育萬類，天地四時之氣，以春陽和而生萬物），本相生相養之道也（此聖人本中和之道，以天地好生之德爲心，是之謂仁）。質而言之：「中者，中正也，和者，和平也，中正則不偏不私，和平則無爭無殺」，此中和之定義也。推而廣之：「以之爲己，則順而祥，以之爲人，則愛而公，以之爲心，則和而平，以之爲天下國家，無所處而不當，其爲道易明，其爲教易行」，此韓愈之論道也。余謂中和之涵義也亦然！所以自軒轅黃帝，以至堯、舜、禹、湯、文、武、周公、孔、孟而迄於今，使中華民族屹立於世界歷五千年而不墜者，賴中和之道以維繫之也。今則中原板蕩，大道淪胥，黨同伐異，惟儒家中和之道，始可以統一其矛盾，而中和其鬥爭，救國之道，其在斯乎！其在斯乎！

代秋桐女史擬〈秋光詞草·序〉

秋桐女史，系出西河，誕生南國，幼承家學，長守閨箴。具道韞之才華，比絳仙之秀色，綺年玉貌，蕙質蘭心。父母愛若掌珠，親朋譽爲人璧。家道豐裕，擇婿求佳，嗣憑媒妁之言，且經相攸之後，乃與阮氏子奇峰結合。阮本英俊，志欲凌雲，結褵一年，束裝東渡，負笈三稔，噩耗南傳，箇郎客死他鄉，閨婦悲悽欲絕。從此柏舟自矢，彤管流芳！執教邑庠，寄情文史。綺窗歲月，消磨於元白之詞（女史耽吟詠，喜辭賦，熟讀古文詩詞，尤以酷愛元微之白樂天詩詞，朝夕捧誦，藉以消磨無聊歲月）；嫠婦風懷，寄託在丹青之筆（女史之畫筆，以寫士女、人物，見著於時）。寒梅傲雪，澹菊凌霜，月夜塡詞，花間哦詠，積篇成帙，秘不示人。邇因萱堂病纏，延筆者爲之診治，喜占勿藥，設筵相慶，讌後，出其《秋光詞草》一冊，請余代其擬序。余覽其詞藻，雅淡一如其人！格律亦嚴，此道三折其肱！堪稱逸品，乃草弁言。既驚其才，復嘉其節！特紀其事，以彰其德！斯亦末世之所罕見也歟！序附錄：

天邊新雁，帶木葉以齊飛；簾外餘花，挹秋光而更美。砧聲伴月，似將羅袖俱清；竹影搖雲，紛共綺窗相映。蕙音琴閣，襲佩青青；梧冷簫樓，隨風嫋嫋。月中楊柳，猶迷隔岸之煙，露下芙蓉，爭艷西池之錦。將棄班姬之扇，暫息流光；非同宋玉之辭，詎悲秋氣？聊填短韻，滿寫涼思。

按女史之詞集，以「秋光」名之者，蓋寓「黃花晚節香」之意也。女史如傲霜之枝，經秋益秀，善保芳菲，光榮無限，其人其詞，洵足傳也。

論王安石變法之失敗

王介甫（安石）以臨川一書生，而位躋公侯（封荊國公），宋神宗時爲相。王才高志大，感恩知己，以圖報稱，乃鋭意改革，興農田、水利、均輸、保甲、免役市易、保馬、方田諸法（號爲新法）。一時諸名臣均被罷斥，權傾樞府，朝野側目，物議沸騰（蘇洵辨姦論謂其：凡事之不近人情者，鮮不爲大奸慝。是以奸邪目之也！司馬光則謂：人謂安石奸邪，則毀之太過，但不曉事，而又執拗耳。此爲持平之論！）因其用之而不得其人（爲呂惠卿所誤，見下文），行之而不順其勢，新法竟無效，而反病民。乃自劾引咎求外放，卒賚恨以歿，其志終不行。自是以後，宋室愈弱，更無人再言變法矣。王本非奸邪，奸邪者，實爲呂惠卿，甚矣用人之難也！茲錄蘇軾代宋帝撰〈責授建寧軍節度副使呂惠卿本州安置不得簽書公事制〉（即貶謫看管之制令）文附后：

元凶在位，民不奠居，司寇失刑，士有異論，稍正滔天之罪，永為垂世之規，罪官呂惠卿，以斗筲之才，挾穿窬之智，諂事宰輔，同升廟堂，樂禍而貪功，好兵而喜殺，以聚斂為仁義，以法律為詩書，首建青苗，次行助役，均輸之政，自同商賈，手實之禍，下及雞豚，苟可蠹國以害民，率皆攘臂而稱首，先皇帝求賢若不及，從善如轉寰，始以帝堯之心，姑試伯鯀，終然孔子之聖，不信宰予，發其宿奸，謫之輔郡，尚疑改過，稍畀重權，復陳罔上之言，繼有碣山之貶，反覆教戒，惡心不悛，躁輕矯誣，德音猶在，始與知已，共為欺君，嘉則摩足以相歡，怒則反目以相噬，連興大獄，發其私書，黨與交攻，幾半天下，奸贓狼藉，橫彼江東，至其復用之年，始倡西戎之隙，妄出新意，變亂舊章，力引狂生之謀，馴至永洛之禍，與言及此，流涕何追，迨予踐祚之初，首發安邊之詔，假我號令，成汝詐謀，不圖渙汗之文，止為款賊之具，迷國不道，從古罕聞，尚寬兩觀之誅，薄示三危之竄，國有常典，朕不敢私。

風雅偷兒之善因善果

昔有書生張翰光，家貧而好學，事母至孝，年甫弱冠，遇母病，既無以為醫，復無以為養，毫無入息，告貸無門，典當俱盡，心中焦灼，不能置母病於不理。百思無計，乃鋌而走險，瞰鄰村世家王宅富厚，更闌人靜，潛登王宅墻頭，俟宅中人熟睡，擬竊其財物，以醫母病。但初作偷兒，手足殊不靈活，潛入之處，適為王宅少主乃莘之書房，王方讀罷，擁被高臥，張誤以為熟睡，探索而進，步履重力壓瓦面，淅瀝作響，王聞之，知樑上君子光臨，在床上朗吟以警告之曰：

細雨濛濛月色昏，累君貴步到寒門；案頭尚有書千卷，囊內并無銀半分；

好去莫驚黃犬吠，徐行休損綠苔痕；更深不便披衣起，心送高蹤往別材。

張聞王乃莘詠詩，知今宵無法下手，但尚有書生傻氣，聆人詩聲，不覺技癢，竟口占七絕以答之：

聞說名門富有餘，今宵冒昧造華居；既言囊內無財物，不要君家萬卷書。

王聽答詩，陸生憐才之念，高聲呼之曰：「君風雅人也，何出此為？」張曰：「家貧母病，迫而為之，今已悔矣！」

王曰：「可憐哉！斯人也，請進書齋暢談，或能為君助。」張入，向王告罪，而舉動大方，氣宇軒昂，王不期而生敬意。命書僮備夜膳，與張杯酒言歡，詢其家庭狀況，張詳告之。王請太夫人出堂，代張陳苦狀，欲欣助之，太夫人諾，以藏金贈之，張叩謝而去。

王後官至藩司，被仇家誣陷，旨下，交刑部審訊。迨提堂時，刑部主審官詳訊一切，鉅細不遺，即命獄官將王還押天牢。入夜，官至巡視，獨傳王至獄官寢室，溫語之曰：「故人別來廿載，太夫人無恙乎？」王愕然！曰：「犯官何時與大人邂逅？家慈尚托福頑健。」張曰：「曾記否『細雨濛濛月色昏』之夕，蒙君與太夫人贈金之事耶？」王頓悟，而自被誣以來，苦在心中，莫可言宣，今遇故人，又為本案主審官，平反有望，喜甚，然一念及太夫人倚閭憂子之情，不禁悲從中來。張慰之曰：「毋傷感，我必爲君了之。」王歸牢中，靜候消息，經旬餘，忽有聖旨下降，王乃莘無罪復官，將仇家置於法，王知張之力也。從此兩人結爲兒女親家，均昌其後，此亦善因善果之報歟！

陳湛銓之詩

陳湛銓老弟，為吾鄉先烈陳少白先生之晚輩，積學之士也。曾任大夏大學教授，現任珠海大學教授，能文章，耽吟詠，作品多奇句，命意不凡。性恬淡，好學不厭，誨人不倦，有儒者風。年不惑，已能收其放心，通禪理，不逐名利。暇則鍛鍊其體，健甚。從無疾言厲色，養氣凝神，志乎道矣。余滄海歸來，遇於港，知余為自然報主筆政，願於暑期內，以作品充實本報篇幅。日前共讌於吾家晚輩之寓，余責其未履宿諾，答曰：「必有報命。」並以其所為詩塞責。余讀之，彌愜我心！許為詩壇健者！非阿私也。茲摘錄四首於后：

其一

酒甘茶滑笑言宜，扶夢來還覺可詩。一往蟲囂終此滅，平生風力更誰知？
鬱心雲霧實吞吐，刻骨悲酸自歲時；懶與晴春通好約，寒梅遲放向南枝。

其二

放腳經行路幾千，耐寒霜鶴閱堯年。入神精義誰真探？譁世狂名只浪傳！
捫額暗驚生卦象，舉身寧不重山川？阮生清曠甘淪跡，難得何曾恕此賢。

過洞庭湖舟中作

葉脫霜飛過洞庭，凌虛得句易生矜。舟衝狂浪無窮疊，心入寒雲最上層；
近岸人家收鴨隊，夾江林邊閃風燈；灣沄沇水迴腸似，自是懷歸畏友朋。

登六榕寺塔最高層

絕頂浮屠高可攀，飄風忽忽破禪關。望中是物皆何相？亂裡矜身不耐閑。
日逐野塵非面目，天留吾手寫江山。人間功果須真了，舊境靈虛未暇還。

答客問五層樓聯及登越秀山詩

廣州越秀山（亦名粵秀山）在穗城，屬番禺縣之北，城跨其上，聳拔二十餘丈，上有越王臺故址（越王趙佗因山築臺故名），一名越王山，明永樂初，指揮使花英，於山巔建觀音閣，山半，建半山亭，俗稱觀音山，上建五層樓，樓有長聯，相傳爲彭剛直（玉麟）手筆，但葉夏聲告筆者，則謂「是乃父葉溙所撰，非彭作也。」聯曰：

歷千萬刼巍樓尚存，憑誰摘斗摩天，目空今古？
問五百年故侯安在？至我倚欄看劍，淚灑英雄！

此聯爲原作，後修五層樓，由胡漢民先生重新寫過一聯，現經世變，存否已不知矣。（按：五層樓現存楹聯是：「千萬刼危樓尚存，問誰摘斗摩霄，目空今古；五百年故侯安在，使我倚欄看劍，淚灑英雄。」）

承林偉文先生函詢，謹舉上述以奉答。至先生詢及日前本欄登楊咽冰登越秀山詩，疑其中有排印錯誤之處，誠如所言！因筆者評閱徵聯，及診治病者，忙甚，未及更正，謹致歉意！查楊先生原詩二首，第二首並無訛誤，第一首略有錯字，補錄之於后：

紀功碑與白雲齊，拾級登臨望欲迷！四面河山如許小，一城樓閣已全低；
人間正氣憑雷閂，夜半歸魂化鶴棲；惆悵昔時人不見，五層樓下草萋萋。

黃狀元題酒家茶樓之長聯

明末，狀元黃宏誨，粵之順德縣人也。致仕還鄉，日必扶杖詣天然居酒家品茶（粵酒家多兼營茶樓業），習以爲常。一日，忘攜杖頭錢（杖頭錢，沽酒之錢也，《世說》：阮宣子常步行，以百錢掛杖頭，至店獨醉酣暢。王勃詩：不應長賣卜，須得杖頭錢），謂店主人曰：「記賬可乎？」主人早已知其爲黃狀元，奉承惟恐不及，急答曰：「戔戔之數，不必介意，但得狀元公常光臨，小店生輝矣。」黃喜其奉承，遂與談，詢其業務佳否？店主曰：「近來生意平淡。」黃曰：余有一法，可助爾暢其業，余爲爾題一長聯，將對比懸於門首，旁貼一字條，寫八字：『欲看對頭，請上高樓』，將出比（聯首）掛樓上，好此道者，必爭相登樓一看，則其門如市矣。」店主喜謝，即購金箋送到狀元府第，恭請揮毫。聯曰：

今日之東，明日之西，青山疊疊，綠水迢迢，走不盡楚峽秦關，填不滿心潭慾海，富若石崇，貴若李靖，綠珠紅拂今何在？勸諸君稍坐片時，把寸心思前想後，得寬閑處且寬閑，留些奔波待明日；

這條路來，那條路去？歲月悠悠，光陰冉冉，留不住朱顏黑髮，帶不去白璧黃金，智如公瑾，勇如霸王，赤壁烏江徒興嗟！趁此際偷閒頃刻，沽幾壺說短論長，飲一杯兮復一杯，西出陽關無故人。

按此聯是以「命意立論」制勝，把人生觀從哲理悟出：「到頭來不過如是！問結局一樣下場！」不如「偷得浮生半日閒」，似阮宣子之獨醉酣暢，澆盡胸中不平氣，還是上算。所以黃狀元不求格之工，而重造意之高也！此聯較長，又有另一聯，亦是題酒家茶樓者，附錄后：

為名忙，為利忙，忙裡偷閒，喝杯茶去；勞力苦，勞心苦，苦中作樂，拏壺酒來。

此聯雖佳，但說理仍不及黃狀元寫出人生觀之透澈也。

女神童葉瓊章軼事

明末崇禎時，有女神童葉瓊章者，吳江人也，父葉仲韶，母沈宛君，均名門儒裔，夙負才名，育三女，長昭齊，次蕙綢，瓊章，是第三女也，家學淵源，一門雋雅，父若王羲之，母如謝道韞，故三女秉承庭訓，皆知詩能文，幽嫻雅淑，尤以瓊章敏慧異常人。於崇禎丁卯年，瓊章纔十二歲，母以「春日曉粧」爲題，命其詠五言絕詩一首，瓊章頃刻即成。詩曰：

攬鏡曉風清，雙蛾豈畫成？簪花初欲罷，柳外正鶯聲。

父母戚黨，交口稱譽。及長，容采端麗，明秀絕倫。翠羽朝霞，同於圖畫；輕雲迴雪，有似天人。十四工詩文，十五擅書畫，十六耽哲理，已著才女之名。最異者：身居華閫，志逸煙巒，以婉孌之年，懷高潔之韻。紫水芙蓉之詠，半屬遊仙；錦書飛雲之編，爰思大道。寓懷雙鶴，無非氍水之詞；寄意六花，盡皆瑞葉之句。夢越紅泉，瑤姬不遠；情依碧嶠，銀闕非遙。斯誠達人之所幾，詎豈才士之所及！年十七，將嫁而遽隕，逮殮之日，玉色輝朗，朱脣鮮澤，舉體輕柔，類同尸解，稽其既沒之景，合其生存之辭，若符一致，固非馮雙之偶降，即同蘭香之再生矣（此瓊章舅父沈君晦在崇禎壬申年疏香閣集之序言）。由是以觀，則其心高五岳，氣軼層霄，方且恥彩鸞之多嫁，訾弄玉之有夫，焉肯畫眉玉鏡，掩袂鳳帷也哉。嗟夫！神山萬里，方士望而難來；靈鶴千年，華表歸而無日。金罍月冷，爰同玉女之壺；花砌苔封，即是麻姑之石。遐哉邈矣，孰可諼焉？則瓊章如劉令嫺之芳年早謝，豈許飛瓊之誤謫人間歟？爲父母者，失此掌珠，其悲痛亦可知矣。後檢其絕筆之詩，有「秋暮獨坐，感憶兩姊」七律一首。詩曰：

蕭條暝色起寒煙，獨聽哀鴻倍愴然！木葉盡從風裡落，雲山都向雨中連；
自憐華髮盈雙鬢，無奈浮生促百年！何日與君尋大道？草堂相對共談玄。

宴爾之期已近，而有「無奈浮生促百年」之句，不欲留戀塵寰，已成預兆，此其可異也。

記湯恩伯將軍血戰南口

湯恩伯將軍，浙江武義人，畢業於日本陸軍士官學校，體力過人，智勇兼備，有儒將風，其生平事蹟，人所共知者，毋須贅述。茲篇所記，爲死守南口二十日之血戰經過，彌足珍貴！湯將軍在抗戰以前，任八十九師師長，旋以戰功卓著，升任第十三軍軍長，以第四師及八十九師爲直轄基幹部隊。於民國廿五年十一月，內蒙僞軍與王英等匪軍，受日方利用，向綏遠紅格爾圖進犯，中央命湯率所部，與綏遠省府主席傅作義協同作戰。時匪僞軍藉日方飛機掩護，猛烈進犯，被湯傅兩部擊退，即進攻匪僞軍的根據地百靈廟，摧毀其大本營，擄獲甚豐，爲抗戰前一大勝利，湯將軍以百靈廟一役而名播寰宇。綏遠既定，湯部駐防綏東。於民國廿六年七七事變，日軍占領北平天津後，即分兩方面進軍，一方面是沿平漢、津浦兩路南下，另一方面則沿平綏鐵路出南口。南口在河北省昌平縣西北，旁即居庸關，扼察哈爾、綏遠、山西三省的咽喉，兩山夾峙，懸崖峭壁，爲我國九要塞之一，有「一夫當關，萬夫莫開」之勢；且位居北平的側背，爲反攻北平之重要軍略據點。日軍先謀解除他側背的威脅，兼爭取開啓察綏晉三省門戶的鎖鑰，所以在占領平津後，對平漢、津浦兩線暫採守勢；而移其主力板垣師團、鈴木、酒井各旅團，及川原師團一部，從昌平沿平綏鐵路線逕犯南口。此時察哈爾北部之寶昌、商都等六縣已淪陷，使日軍進攻察哈爾已很便利，因此察北的形勢，可以造成日軍三面的進攻；（一）從多倫攻蜀石口，（二）從張北進襲張家口，（三）從北平以主力攻南口。所以日軍主力進攻的方向，是由南口直趨張家口，然後分兵攻綏遠與山西，故南口的爭奪，在華北戰局中，占非常重要的地位。本來在平津陷落後，我方就應以雄厚兵力守衛南口，但當時在南口要隘上，僅有二十九軍的步兵兩營負責守衛。湯將軍於七月卅一日奉命搶防南口，即於八月一日自綏東防次開拔南下，其先頭部隊八十九師王仲廉部於當天趕到南口，日軍板垣師團已越平綏鐵路北進，湯部僅先一步趕到，眞是千鈞一髮，亦云幸矣。

當時湯軍五師，晉綏軍九師，騎兵三師，均備防守雁北、綏東、綏北一帶陣地，在湯軍奉命搶防南口時，所部兩師，一在陝北，一在新絳，徵調不及，僅有三師應戰。南口地形，石山綿亙，缺少掩蔽，而我軍當時又配備欠佳，遠不足以抵擋擁有優越器械的日軍。湯將軍在形勢懸殊之下，積極迅速作防禦準備，以王仲廉師任左翼，王萬齡師任右翼，自己則兼任前敵總指揮，駐節懷來，置前鋒於龍虎台，以南口東西兩側突出的高山為主力陣地支點，西側之高山名雙嶺口，東側之高山名馬鞍山，馬鞍山以東十里，地名關溝嶺，同為軍事上重要據點，由關溝嶺東往五里，至得勝口，是為南口我軍左翼陣地，可通永寧以達延慶，經王仲廉師妥密配置後，南口正面陣地，就展到三十里寬闊。右翼陣地，則延長城線佈防。八月八日，日軍騎兵至左翼得勝口搜索，即遭我軍打擊，是為南口戰役的開端。九日，正面戰爭爆發，龍虎台前鋒陣地首當其衝，日軍先以砲火猛轟後，日騎兵即搜索前進，既至山下，未敢輕進，乃仰面問道：「喂！有人沒有？」我軍本來都隱伏未出，這時有一士兵不禁應聲答曰：「沒有人」，日騎兵聞聲駭走，同時日軍的主力總攻也就緊跟著開始。日軍先集中砲兵向我陣地密集轟擊，復以大隊日機，協助轟炸，企圖壓迫我稜線陣地內的守軍不能抬頭還擊。日砲兵並用阻止射擊，遮斷我南口到居庸關的大道交通，以阻我軍增援。最後，日軍復以坦克車掩護步兵衝鋒，我軍憑藉地勢，居高臨下，瞄準掃射，死傷日軍無算。十日，日軍又全面總攻我南口，我軍以龍虎台前鋒陣地過於突出，不得已自動放棄，同時撤退南口東火車站和機廠的部隊，將廠及八達嶺山洞自行破壞，激戰三日，日軍受創甚重，陳屍滿谷。

八月十二日，戰事再起，日軍以野砲六十餘門作密集射擊，掩護坦克車三十餘輛，步兵五千餘人，猛攻我南口虎峪村、心仲口、蘇林一帶陣地，我軍浴血奮戰，日軍猛烈衝鋒七次，均被我軍擊退，並奪獲日坦克車六輛，槍械無算。至十三日晨，我軍陣地已經被日軍猛烈砲火燬爲平地，我軍忠勇將士仍是堅強抵抗，死守不退。相持至十四日，戰事更趨激烈，日軍用坦克車四十餘輛衝鋒，我外壁工事，都被填塞。我軍憑雙嶺口、馬鞍山諸地，血戰竟日，日軍自晨至晚，發砲愈五千響，山谷崩破，遍地鱗傷，我軍仍屹然不動。我王仲廉部第五百九十二團羅芬珪部全團忠勇將士，爭以身殉。下午三時，日軍又增援一聯隊之眾，猛撲我雙嶺口、馬鞍山，戰況激烈，驚天動地，此時我方傅作義所部援軍，已有一部冒猛烈砲火趕到，加入衝擊，雙方肉搏十餘次，血戰到晚，終將日軍擊退。日方遺屍滿坑谷，傷亡十倍於我軍，我方奪獲日之輕重機關槍三十餘挺，及其他戰利品甚多。日酋板垣，見南口正面屢經猛攻不下，損失慘重，乃變更戰略，除以一部繞道疾趨察北，直逼張家口，以切斷南口後路外，復由南口左右兩翼，向我正面迂迴。十五日起，南口正面戰況，轉趨和緩，右翼長城線附近錫頂山前黃老院地方，卻發現敵蹤。此時日軍以昌平縣沙河鎮西南之西貫市爲根據，另以門頭溝爲第二「軍事活動」地，向永定河北面進攻，企圖利用複雜地形，由山徑小道，出我不意，竄過長城口，迂迴而入我湯軍軍部所在地的懷來及康莊，取包圍姿態，切斷我南口聯絡。是天，右翼的日軍，猛攻我黃老院、工木窯各陣地，我軍奮起迎戰，當將日軍擊退。十七日，日軍對南口施行全面攻擊，十時左右，我右翼陣地被突破，日軍三千餘人竄入，進占黃老院，直逼長城，我軍予以猛烈阻擊。

相持到十九日，戰事益烈，黃老院方面，續有大隊日軍竄入，進據蘇林口的日軍，復突破胡家莊、前莊子等地，我軍一團拼死抵抗，犧牲殆盡。是日從中午到晚間，全線激戰不已。同時大村方面，日軍又增兵一旅團以上，永寧前方，也突然有日軍進攻，發生激戰，我軍浴血冒砲火奮戰搏鬥，全線形勢，仍能固守。二十一日拂曉，雨止霧散，雲開日出，日軍復向我右翼陣地開始總攻，我軍即令集結於橫嶺城之一部兵力增援，並分兩路同時出擊，將突進我陣地的日軍全部擊退，日軍遺屍纍纍。二十二日，橫嶺城前面八五零高地，發生激烈爭奪戰，雙方肉搏，至爲猛烈，我軍視死如歸，勇氣百倍，敵勢大挫。二十三日，日軍見屢攻我陣地不下，乃施用刺激性的瓦斯彈襲我陣地，鎮邊城陣地於下午被突破多處，南口後方之懷來等地，連日均遭日機轟炸，交通皆被破壞。

二十四、二十五兩天，戰鬥益烈，我軍所有伕役、擔架兵、傳令兵，悉數加入戰鬥，甚至連軍佐、書記、司書也加入指揮，橫嶺城和居庸關，都爲日軍的飛機大砲毒氣所包圍，我軍犧牲至爲壯烈。當南口酣戰時，察北我軍，也捷報頻傳，商都、化德、嘉卜寺、崇禮、南濠塹等地，均經先後收復。第二戰區司令長官閻錫山，除犒獎固守南口湯部一萬元外，對收復商都的傅作義部步兵董其武旅，和騎兵趙承綬旅，也各有賞賜。原來照我方的軍事計畫，是第一步先行鞏固南口，使戰局形勢趨於穩定，然後立刻發動對張北、商都的進攻，尤其著重於張北的爭奪，因爲張北一入我軍手中，則張家口就獲得屏障，再以全力向南口出擊，便沒有什麼困難，而當時日軍在察北的兵力，也非十分雄厚，所以這一軍事計畫，看來似乎比較容易得手，因此我軍就預定於八月十三日夜間，同時襲擊商都與張北，而以傅作義部擔任襲擊商都，劉汝明部擔任襲擊張北。劉汝明，字子亮，河北獻縣人，與宋哲元同爲馮玉祥的舊部，是時正任察哈爾省政府主席，兼二十九軍第一百四十三師師長，設指揮所於張家口西十里的水母宮。

察哈爾省政府主席劉汝明，既奉命進擊張北，即派得力部隊出擊，並親臨前線指揮作戰，一夜之間，攻下崇禮，逼近沽源。是時劉部旅長馮玉田，以張北僅有殘敵千餘人頑守，乃自告奮勇，再三堅請去襲取張北，並有「任務不達，誓不生還」之語，劉主席壯之，遂允其請。當馬旅長率部到達張北時，適値天陰月黑，冷雨淒風，正是進行突襲的良機，果然半小時內，城垣即被我軍占領了四分之三，殘敵大部就殲。但不久敵人生力軍趕到，人數超過馬部五倍以上，並有戰車百餘輛，把衝入城內的我軍重重包圍，一時煙騰火湧，炮炸雷轟的夜戰，就在狂風暴雨中展開，敵人傷亡之數，兩倍於我，戰到天亮時，馬旅長已身中數彈，及被刺刀刺傷三處，在張北城郊壯烈殉國，應了他「誓不生還」之語！我軍除少數官兵搶回馬旅長忠骸回達張家口外，其餘都作壯烈犧牲，足顯示中國軍人魂之千秋不朽！正當我軍開始襲擊張北和商都時，敵軍也正集中全力，準備會攻張垣，分兵三路，以排山倒海之勢，向張垣進犯。八月十三日張家口外圍戰爭已開始，敵軍一路由張北進攻張家口的外圍點神威台、漢諾壩、黃土嶺；一路攻萬全縣城及太山廟、黃家堡、趨水母宮、高沙河；一路由商都以南地區撲平綏路及張家口以西的柴溝堡、孔家壯，迂迴賜兒山我軍的側背。我軍劉廣信、李曾志兩旅，在省垣各要隘及路口橋頭佈防，並向郭磊莊方面警戒，以防敵人從側背迂迴。李金田旅奉命在賜兒山死守應戰。劉芸田團已在賜兒山南的八角台，嚴陣以待。陳新起旅在神威台，漢諾壩，黃土嶺各外圍據點固守。閻尚元旅一部在大境門加強防禦工事的構築，一部奉命機動應戰。於是省垣完全陷於作戰狀態。我軍和敵人相持了十天之久，直至八月二十三日，敵人以重兵突破我萬全陣地，我軍一營死傷殆盡，另一股敵人避實擊虛，竄向賜兒山而來，與我李金田旅遭遇，遂展開肉搏戰。我軍雖無平射炮，士兵都不顧自己性命危險，拿著迫擊砲彈，去炸敵人的戰車，日軍衝過來的戰車，均被我軍全部炸燬。

迨二十五日拂曉，敵萬餘人，附砲百餘門，戰車六十餘輛，向我神威台、漢諾壩猛撲，神威台據點失而復得者六次，官兵鬥志雖極堅強，但終因缺乏新式武器和強大生力軍增援，未能挽回頹勢，遂被敵以戰車百餘輛，掩護步騎兵萬餘人，把神威台和漢諾壩奪去。同時防守賜兒山之李金田旅所屬胡光武團，也和來犯的敵坦克車八十餘輛，步騎兵八千餘人發生激戰，賜兒山由二十四日起，五失五得，敵軍攻擊精神亦極凶猛，前仆後繼，不斷補充，日軍死傷於賜兒山爭奪戰者四千餘人。二十六日午後，敵援大增，我奪回賜兒山之守軍，眾寡懸殊，卒至全部壯烈殉國，陣地亦告失陷。此時省垣街市被敵狂烈砲轟，引起全城大火，水母宮指揮所大部被燬，且與敵軍陣地僅隔一小山，已在敵人炮彈射程以內，我軍以戰略關係，中央乃命劉汝明將軍轉移陣地。惟張垣已被敵軍四面包圍，劉將軍乃於二十七日拂曉，親率所部，肅清宣化大道之敵，突圍向洋河沿岸轉移，及至二十七日黃昏，我掩護退卻的部隊，也脫離敵人砲兵射擊範圍。我軍在退卻以前，並有計畫的將清河上長約二百公尺之大鐵橋破壞，免爲敵利用。張家口戰事自八月十三日開始，至八月二十七日突圍，共計死守十五天，傷亡軍官二百餘員，士兵七千餘名。張家口是南口的後方重鎮，南口未失，而張家口先告陷落，此意外的噩耗傳來，對南口的防禦上影響非常重大。因爲守南口的我軍，兵力雖極單薄，猶可據險死守，張家口一失，則南口不但失去戰略上的價値，而且陷於日軍四面環攻的險境，縱欲死守待援，亦不可能。於是血戰二十天的南口，便淪於敵軍之手，湯恩伯將軍迫而率部退守距南口十五里的居庸關。當南口激戰時，第二戰區司令長官閻錫山曾令傅作義及衛立煌率部馳援，但傅部僅至半途，張家口已告吃緊，不得不回師救援，衛立煌部亦被阻於半途，不能達成任務。詩人楊雲史（江山萬里樓主，曾任吳佩孚秘書）曾有四絕詩詠湯將軍血戰南口云：

其一

西北籌邊最上頭，重重疊疊上關樓；漢兵無不一當百，捲土燕雲十六州。

其二

天險連營刁斗高，將軍清野肅秋毫；南山月白北山雨，萬幕無聲磨大刀。

其三

破碎山河絕鳥飛，捷書夜報暗歔欷；老夫要飲雠人血，願為將軍洗戰衣。

其四

莽莽居庸第一關，長城西北更高山；倘教一虎嵎堪負，十萬雕弓不敢彎。

詩勉湯恩伯將軍守土之憶述

湯將軍自南口血戰之後，奉命轉戰南北，八年奮武，百戰餘威，中外共聞，元首倚畀，積功晉級上將，總領師干。湯平生報國以忠，待人以誠。鉅細不遺，努力不懈，抗日勝利，又逢世變，怵來日之大難，因憂勞而疾作（胃病潛伏多時），不遑寧處，無暇養疴，嘗告余曰：「軍人以身許國，何惜餘生，所慮者，外敵侵略華夏，山河有破碎之痛，國土有淪陷之虞，斯爲吾人所應警惕者也。」余佩其忠誠，視國家重於生命，就其所言，口占七律慰之。詩曰：

大任從來匪異人，西平風範藹相親。八年奮武馳南北，百戰餘威泣鬼神！
蒿目山河驚破碎，攖心國土懼沉淪！艱虞賴有忠良在，砥柱狂潮罔惜身。

後余南還公幹，湯將軍奉命守江南，余曾致函論世，並附詩言隱，詩曰：

畿甸連烽火，陰霾掩夕暉。橫流狂肆虐，黔首將安歸？
守土紓籌策，登山欲采薇！晚來風雨惡，著意葆芳菲。

嗣接湯覆書云：「接奉華翰，敬悉種切，吾兄星斗羅胸，……所論實為平章軍國之大計，……時序入冬，諸維珍攝，復頌時安。湯恩伯拜復」。此書是湯於軍務鞅掌，帷帳繁劇之百忙中，親筆覆余，其不苟也如此，現原書尚存，而故人已逝，憶述至此，不知涕淚之何從！

聯話

近因談聯，引起文友與讀者的興緻，紛投珠玉，飫我見聞，至足感也！

關於五層樓聯，承張雨平、畢春秋兩先生惠書，並附以聯文，除張函已登出外，尚有畢函所述其尊人口傳五層樓聯，補錄如左：

萬千劫巍樓獨存，問誰摘斗摩星，目空今古；

五百年故侯安在，看我憑欄撫劍，淚灑英雄。

按此聯與張先生所述亦稍異，筆者三十年前，亦如張先生一樣，登樓欲尋此聯而不獲睹，僅憑故老相傳，致所述互有出入，姑並存之。

筆者違難海隅，故園萬卷藏書，都付劫火，旅舍執筆，苦無典籍，以供考據，記憶所及，信筆爲之，所以寫〈芝蘭室隨筆序文〉，有「用武無從，臨文有恨」之感，而負「急就成章，蕪瑕難免」之咎！此爲自知之明，仍欲竭其棉力，拋磚引玉，以期重振文風，此不能不望邦人君子，共鑒斯誠而匡余不逮也！

茲再憶述數聯，以博一粲：

一　揚州「藥王財神廟」聯

縱使有錢難買命；（藥王）

須知無藥可療貧。（財神）

二　諷「建醮超度」聯

佛法可超幽，難道閻羅怕老禿？

紙錢能贖罪，居然地府是贓官！

三　上海九老會後死者之輓聯

會中祇剩二人，今公竟去；

地下若逢七老，說我就來。

此聯爲董湛雲先生口述：當時九老會已死至第八人，碩果僅存者，只餘第九位老者一人耳，則此老輓第八位死者，可謂貼切之至，亦甚風趣而曠達。

四 輓「為富不仁，投機自殺」者諧聯

莫想朱門憐白骨，
誰知黑市是黃泉。

此聯爲筆者戲擬，因有某富人由做黑市買賣起家，拔一毛而利天下不爲，卒以投機失敗而自殺，文友與余品茗，談及此事，謂如何輓之方合？余即以上述聯語告之。

閒話廬山避暑時

君行正是芳春月，蜀道千山皆秀發。谿邊十里五里花，雲外三峰兩峰雪。

君上匡廬我舊居，松蘿拋擲十年餘。君行試到山前問，山鳥只今相憶無？

這首古詩，是隱巒詩僧〈蜀中送人遊廬山〉之作（載在《萬有文庫》）。古時交通不便，由四川到江西，登廬山消夏，就要暮春起行，沿途玩賞，登山時節，已入夏季。茲值驕陽當令，炎暑蒸人，輒令人想起廬山勝景。而且當年馬歇爾八上廬山，調停無效，事關國運興替，歷史上成爲中外共知之事，此時重話廬山，不禁感慨繫之！

廬山，在江西省星子縣西北，九江縣南，古名南障，一名匡山，總名匡廬，朱子以爲即「禹貢」之「敷淺原」，王禕《六老堂記》云：「其陰土燥石枯，岡阜並出，是爲九江；其陽千巖萬壑，土木秀潤，是爲南康。」爲江西之名山，其最高處，爲五老峰，此山三面環水，北接長江，東南濱鄱陽湖，其山形，橫看成嶺，側望成峰，遠近高低，各有不同。蘇東坡有詩云：

橫看成嶺側成峰，遠近高低各不同；不識廬山真面目，只緣身在此山中。

所謂「嶺」者，山之巔頂可通道路，故曰嶺，所謂「峰」者，山之直上尖而銳，故曰峰。對廬山之遠、近、橫、側看法，其形確有不同，東坡之詩，是紀實也。

夏季時節，由蓮花洞登廬山的人，便從水陸各路絡繹而來，在廬山築有別墅之豪富顯貴，入夏即命人粉飾一新，以應消夏避暑之用。或掃榻以迎賓，或登山而訪友，翩翩裙屐，紛紛登臨，尋幽選勝，步月吟風，徘徊於林泉之間，出沒於雲海之上，幾疑身登仙闕，人在畫中矣。

廬山氣候，四季可居，惟冬季積雪，不良於行。夏季時則烈日當空，火傘高張，遊人不免汗流浹背。有時暴風疾雨，突襲而來，或則陰雲密佈，煙霧迷濛，雲層潮湧，咫尺不見，雖可幻出奇境，蔚爲大觀，若忘攜雨具，難免灌頂濕身，遊興頓減矣。

廬山的風景，以瀑布飛泉爲勝，在最高處之五老峰上，那著名三疊泉，瀑布注流，如銀河倒瀉，噴泉洶湧，如萬馬奔騰。登五老峰巔，俯瞰廬山全景，層樓石室，儼若燕巢；曲檻迴廊，宛如蚯蚓；茂林脩竹之勝，奇石清溪之列，裝飾名山，點綴巖壑，畫挹彭蠡之湖光，夜眺潯陽之漁火，都成麗景，不負芳辰。唐吳筠（字貞節，舉進士不第，爲道士，明皇徵至京，待詔翰林，後堅求還山）遊廬山五老峰有詩云：

彭蠡隱深翠，滄波照芙蓉，日初金光滿，景落黛色濃，雲外聽猿鳥，煙中見杉松，自然符幽情，瀟灑愜所從，整策務探討，嬉遊任從容，玉膏正滴瀝，瑤草多芊茸，羽人棲層崖，道合乃一逢，揮手欲輕舉，為爾扣瓊鐘，空香清人心，正氣信有宗，永用謝物累，吾將乘鸞龍。

吳詩將五老峰描寫到入於清靈境界，讀其詩，使人飄飄然神往，與蘇詩之形容廬山，出於寫實，又自不同。

但筆者登匡廬數次，領略所得，認爲遊山在夏季不如秋季之佳，夏多雨而陰霾四佈，泥濘濕滑，步履維艱，遊人縱配帶雨具釘鞋，亦常濕身顛蹶。若遇雲霧迷濛，視線生翳，則廬山眞貌，每被遮蔽。何如秋季之天朗氣清，涼風入袂，湖光山色，盡在眼中；牯嶺夜衢，繁星掩映（牯嶺夜街之燈光也）。漁舟唱晚，雁陣驚寒；寺鐘鏜鏜，蟲聲唧唧。滿山黃葉，如舖榆錢；周圍綠叢，中透閣頂。人處其間，疑入畫圖，妙筆難描，吟興勃發。閒攜儔侶，徐步綠台；廣結詞家，競題紅葉；一杯在手，四韻俱成；靈感陡生，洵足樂也！

惟秋夜山上，已如初冬，必備絨衣，纔不受涼。筆者有一次在海會寺與方丈談禪，時適有詩僧優曇上人卓錫於此，相與論詩，上人不祗工詩詞，而且書畫亦佳，伊新作「眾瀑懸流圖」，請余題詩，余以七絕應命，詩曰：

五百諸天拜冕旒，上方風雨下方流；內中多少珠簾在，掛滿層城十二樓。

余是夕宿於寺，衣單而被寒侵，一週方痊。此次受過教訓，嗣後秋夜山居，必備寒衣。秋時瀑布，較夏時澄清，但入浴，則寒氣侵膚，亦非所宜。不如在山南溫泉，有適宜溫度，可堪沐浴，水含硫磺質，清香刺鼻，可在溫泉的泥盆裡躺上幾小時，怡然自得，聞硫磺水能治皮膚病，以其有滅菌力量也。那麼亦有溫泉浴室，設備尚稱完善，還有「家庭間」，隨便攜同眷屬，盡情享用。如果遊人飢餓，滿山的野生毛栗、茨實、扣子，都已成熟，為無主之物，任人採取，亦可充飢。但遊客多自備酒饌，以供野餐。廬山雖為避暑勝地，惟在夏天中午的時候，赤焰當空，仍是咄咄逼人，只有秋天，驕陽無力，雖未必如冬日之可愛，但已不如夏日之可畏也。

寫廬山形勝，而饒有仙氣，則以李白之〈廬山謠〉為出色。詩錄后：

廬山謠寄盧侍御虛舟 七言古詩

我本楚狂人，狂歌笑孔丘，手持綠玉杖，朝別黃鶴樓，五岳尋仙不辭遠，一生好入名山游，廬山秀出南斗傍，屏風九疊雲錦張，影落明湖青黛光，金闕前開二峰長，銀河倒掛三石梁，香爐瀑布遙相望，迴崖杳嶂凌蒼蒼，翠影紅霞映朝日，鳥飛不到吳天長，登高壯觀天地間，大江茫茫去不還，黃雲萬里動風色，白波九道流雪山，好為廬山謠，興因廬山發，閒窺石鏡清我心，謝公行處蒼苔沒，早服還丹無世情，琴心三疊道初成，遙見仙人彩雲裡，手把芙蓉朝玉京，先期汗漫九垓上，願接盧敖游太清。

筆者依《萬有文庫．唐詩別裁》全錄此詩，以正《唐詩三百首》之誤（因《唐詩三百首》載「五岳尋山不辭遠」，「仙」字誤作「山」字，「願結盧敖游太清」，「接」字誤作「結」字），並註其名勝：（一）匡盧，周武王時，匡裕兄弟七人結廬於此，故名。（二）屛風九疊，自五老峰而下，九疊如屛。（三）金闕二峰，廬山西南有石門山，狀若雙闕，二峰，即香爐、雙劍二峰。（四）三石梁，廬山有三石梁，長數十丈，廣不盈尺，故名。（五）石鏡，石鏡山東，有一圓石，照人見形，謝靈運〈入彭蠡湖口〉詩，有「攀崖照石鏡」之句。（六）盧敖，若士謂盧敖曰，吾與汗漫期於九垓之外。（語見《淮南子》）

南陽臥龍岡諸葛武侯廟聯

河南省南陽府（後改爲南陽縣）臥龍岡有諸葛武侯廟，其大殿懸一聯曰：

心在朝廷，原無論先主後主；
名遍天下，何必辯襄陽南陽。

此聯之所以如此立論，原爲解答《一統志》與《三國志》之記載各異，及後人聚訟紛紜，以釋其異同之爭。

按清《一統志》載：臥龍岡在河南南陽縣西南，起自嵩山之南，綿亙數百里，至此截然而止，回旋盤繞，相傳諸葛草廬在焉。（載入《四庫全書》）

按《三國志》稱：諸葛亮家在襄陽城西二十里隆中（《辭源》載：隆中，山名，在今湖北襄陽縣西二十里，漢末諸葛亮隱此，山畔爲草廬，山半爲抱膝石，隆起如墩，可坐十數人，下爲躬耕田，縣南十里有臥龍山，二十里有伏龍山，皆以武侯名）。

以上兩說，各有根據，而「臥龍岡」與「隆中」，均有草廬，都立有武侯廟，兩地一在河南，一在湖北，相距約一百五十里之遙，不容混為一談。但劉玄德三顧孔明於草廬之中，為婦孺皆知之事，究竟「諸葛廬」在「隆中」，抑在「臥龍岡」？

筆者姑將親歷之兩處情形與書本上之證據寫出，以供讀者研究。

一　所歷之情形

（一）臥龍岡，在南陽縣的西南，離南陽城約六里，豫鄂公路，經過其南之旁，距離不過數十公尺，從鄂北的「老河口」乘汽車到南陽，就要經過「臥龍岡」，其四周並非山清水秀，只見疏疏落落有幾處矮小山丘，和一些蕭疏的雜樹，在臥龍岡東南約十里，纔有一條小河，景象顯得很枯燥乏味，和《三國志》及《三國演義》述劉玄德見到：「山不高而秀雅，水不深而澄清，地不廣而平坦，森不大而茂盛……」的景緻，迴不相侔。但詢諸南陽士人，皆說「孔明隱居此地——臥龍岡」。在臥龍岡上，就是武侯廟的面前，用南陽石築成一座高約二丈的牌坊，上面有于右任先生所題「漢昭烈帝三顧處」七個大字。進入武侯廟，見兩旁的走廊，擺滿字帖、筷條、南陽石私章、香燭，及羅列著各式的字碑，走廊上雕刻龍鳳，多已殘廢，仍覺古色盎然。在岡上牌坊旁邊，另立有一座用南陽石磨成三角錐形的「抗日陣亡將士紀念碑」，是三十三集團軍孫連仲部拱衛南陽時所建立。

（二）隆中，在鄂北襄陽城西二十里，位於襄河以南，那一帶山嶺重疊，「諸葛廬」就在「隆中」的山麓，襄陽人謂此即「諸葛草廬」的所在地。由襄陽城到隆中，沒有車通，只可以騾子代步，約兩小時可達，時當秋天，隆中四周，遍地黃菊，松竹青蔥，境界清逸，與劉玄德當年所見到的，還有些相似。隆中亦有武侯廟，據司祝云：週年四季，善男信女，往來如鯽，香火甚盛，廟旁有茅廬一座，門額上題「諸葛廬」三字，茅廬內存大刀一柄，數壯士亦舉不起，其重量可知。有長大布靴一雙（長約二尺，大則倍於常人所用），據守廟的一位老僧說：「大刀，是當年關雲長用青龍偃月刀，那雙特大的布靴，是諸葛武侯隱居時所穿的。」這話不必深究，姑妄言之，姑妄聽之可也。

二 書本上的印證

（一）諸葛廬在南陽，諸葛亮的《前出師表》：「臣本布衣，躬耕於南陽，苟全性命於亂世，不求聞達於諸侯，先帝不以臣卑鄙，猥自枉屈，三顧臣於草廬之中，諮臣以當世之事……」是武侯本人亦自承「躬耕於南陽」矣。又，唐劉禹錫〈陋室銘〉，亦有「南陽諸葛廬，西蜀子雲亭」之句，又以「諸葛廬」爲在南陽之認定矣。此與《一統志》足爲印證。

（二）諸葛廬在襄陽，漢晉《春秋》所載：「亮家於南陽之鄧縣，在襄陽城西二十里的隆中。」又，古風吟隆中，有句云：「襄陽城西二十里，一帶高岡枕流水，高岡屈曲壓雲根，流水潺湲飛石髓，勢看團龍石上蟠，形如丹鳳松陰裡，柴門半掩閉茅廬，中有高人臥不起，修竹交加到翠屏，四時籬落野花馨……」是以「諸葛廬」爲在襄陽之認定矣。此與《三國志》足爲印證。

兩說既均有印證，然則孰是孰非？前代已多爭執，故此聯從大處著眼，不必以地域爲限，只要其人足傳，則襄陽南陽，何必深辯。

然筆者則以爲古代疆域轄治屢變，而地名每隨之而更易，其焦點郡統治時則統稱南陽，後分府縣，則一部已入襄陽矣。查地輿史：「南陽，郡名，秦置，河南舊南陽府，湖北舊襄陽府之地」，諸葛亮〈前出師表〉所言「躬耕南陽」，是指郡治之總名也。武侯隱居躬耕，亦意中事也。觀隆中之地形景物，似乎與劉玄德所見較近，然距今千七百餘年，安知滄桑不迭有變更耶？故亦未便遽予肯定也。

接衛輝淇君函云：「伊於廿四年前曾將五層樓聯攝影」。（此時恐在重修後，胡先生寫之聯）錄后：

萬千劫巍樓尚存，問誰摘斗摩星，目空今古；
五百年故侯安在？使我憑欄看劍，淚灑英雄。

讀者厚愛，關注良多，甚感！

答關俠農先生

韓昌黎曰：「凡物不得其平則鳴，草木之無聲，風撓之鳴；水之無聲，風蕩之鳴；金石之無聲，或擊之鳴；人之於言也亦然，有不得已而後言，其歌也有思，其哭也有懷，凡出乎口而爲聲者，其皆有弗平者乎？……其在唐虞、皋陶、禹，其善鳴者也。夏之時，五子以其歌鳴，伊尹鳴殷，周公鳴周，凡載於《詩》、《書》六藝，皆鳴之善者也。周之義，孔子之徒鳴之，其聲大而遠，……臧孫辰、孟軻、荀卿，以道鳴者也。……唐之有天下，陳子昂、蘇源明、元結、李白、杜甫、李觀，皆以其所能鳴。其存而在下者，孟郊東野，始以其詩鳴。……」是則士君子不能爲皋陶、禹、伊尹，周公之善鳴，又不能爲孔子、孟軻、荀卿之道鳴，而爲李白、杜甫、孟郊之以能詩鳴，經世壽世之道不行，立德立功之途亦梗，退而以詩自鳴，不亦大可哀乎！

司馬光詠棉花詩曰：「世間多少閒花草，無補民生也是慚！」棉花無色無香，溫公獨譽其「有裨民生」，而壓倒群芳。其於人也亦然！

先師梁任公〈題劍南集〉有句云：「辜負胸中十萬兵，百無聊賴以詩鳴！」味其言，不獨爲放翁哀，而亦自哀也！

筆者不敏，然嘗側聞長者之遺教，思有以竭其駑鈍，期裨民生！孰知心雄力絀，事與願違！更遭亂離，退思補過。於是濠江隱遯，閉戶著書，搖落天涯，以醫自給。今春承本報姚社長邀余操觚，共伸正義，意良足感！義不容辭。忝參筆政，愧無建樹！乃蒙讀者厚愛，文友過譽，紛投珠玉，慚感交縈！昨誦關俠農先生瑤章，譽過於情，益增惶悚！謹次韻奉答如后：

群芳掇入百花詩，玉局才情白石詞！元有漢卿今有俠，君家健筆兩傳奇。
滄海歸來嘆道微，南天訪舊故人稀！嚶鳴莫恨知音少，空谷應聲喜共依。

註　君之百花詩，清麗可喜，其序文云：「昔所為詩詞，率皆悲壯激昂，葉恭綽謂其剛而不柔。」但今誦其所作，已由蘇玉局之鐵板銅琶，轉而為姜白石之暗香疏影矣。關漢卿為元曲第一流作家，君踵其後，其為詩壇健將歟！

附錄讀《芝蘭室隨筆》呈擎天詞長　關俠農

相國文章學士詩！嘗看妙筆序新詞，秋光滿紙珠璣迸，益見黃花晚節奇。

江湖落拓一身微，滿謂知音世所稀？鈍石竟將和璧許，桃花潭水足依依。

通俗之思親曲

世衰道微，邪說競起，四維八德，漸趨消沉，人慾橫流，物慾競誘，少年意志，易被動搖，士失其常，正邪莫辨，忠孝節義，掩耳不聞，爭利荒淫，視爲時尚，事親不孝，對國不忠，待人不誠，交友不信，比匪作親，言不及義，此「亞飛」型之子弟，未有不成爲家庭之蟊賊，社會之罪人也！　國父以「忠、孝、仁、愛、信、義、和、平」爲立國之民族精神，昔賢以「孝、悌、忠、信、禮、義、廉、恥」爲八德之綱常倫紀，所以中華民族屹立於世界歷五千年而不墜，厥有由也。自胡適、陳獨秀倡說「打倒孔家店」與「廢除吃人的舊禮教」後，禮教漸衰，甚至演變爲鬥爭之工具，所帶來之影響，既深且遠，追源禍始，則胡適、陳獨秀之大錯鑄成，午夜自思，亦應愧悔矣。

筆者並非算舊帳，亦非倡復古，科學與時並進，理之當也！但民族精神，萬不容喪失！欲回復此精神，應先以「孝」始！凡對父母不孝者，對國必不忠（古人有「求忠臣必於孝子之門」之訓），待人必不誠，對友必不信，對妻必不義，對子必不慈，對兄必不恭，對弟必不友愛。此可以肯定之也！

筆者幼年喪母，哭之慟，哀毀逾恆，乃寫其「思親曲」（作此曲時，十六歲），以追思親恩，而希望世之爲人子者，能盡孝親之道，以減輕自己不能及時孝親之罪，詞句通俗，韻文易記。錄之於后：

思親曲

親恩深似海，少小懵何知，及長親將耄，謀生又別離，晨昏誰定省，孝道已全虧，欲養親不在，終身徒自悲，回憶親生我，勞苦並憂危，提攜與鞠育，防疾更防飢，幼年就外傅，為我擇嚴師，冀作克家子，希成跨灶兒，既憂兒怠惰，復恐兒呆痴，遊子久未返，倚閭以望之，親待我則厚，我報親已遲，一旦椿萱謝，相見永無期，百身如可贖，萬死亦何辭，縈懷夢中見，醒後徒驚疑，耿耿難入寐，紛紛淚如絲，終天長抱恨，此恨永難彌，無怪昔賢傷親逝，開卷怕讀蓼莪詩，寄語世間為子者，事親報恩須及時。

浙江莫干山之幽篁

浙江莫干山（在浙江武康縣西北二十七里），昔以劍而得名，今以竹而稱盛。其「莫干」二字，是「莫邪、干將」之簡稱也。《吳地記》載：「吳王闔廬使干將鑄劍，鐵汁不下，其妻莫邪曰：『鐵汁不下，有何計？』干將曰：『先師歐冶鑄劍不銷，以女人聘爐神當得之。』莫邪聞語，竄入爐中，鐵汁出，遂成二劍，雄號干將，雌號莫邪。」因在此山鑄劍，故名「莫干山」。山上有劍池飛瀑，相傳即淬劍處也。山之縱橫面積約四百里，由杭州到莫干山，經杭莫公路直達莫干山的庾村，行程不過兩小時。

從山下而望，滿山都是綠竹幽篁，蒼松翠柏，而以竹林為盛。從山巔而瞰，則見四圍綠葉鋪成汪洋碧海，風吹葉動，宛如碧海泛瀾，綠波起伏。那些別墅崇樓，雜矗綠叢中，隱約現出紅欄丹桷，遠觀之，成為詩句上「萬綠叢中一點紅」的詩境了。

時見雲層出沒，或淡或濃，淡則如煙，濃則似海，與綠叢交織，而變成大自然中的蜃樓海市，幻出種種怪狀奇形。劍池飛瀑，直如匹練銀漢，衝入雲海，確是奇觀。山花撲鼻，清風徐來，幽篁交響，竹韻松濤，有若鳴琴，雜和響樂。山間夜雨，滴瀝敲窗，則似按節拍板，在天然之畫圖中，備自然之音樂隊，相信晉代之竹林七賢，無此樂也。

所以中外名流，多卜築於此，以供遊宴，亦能消夏。黃膺白（郛）昔常居此山中，築有白雲山館，在莫干山高處，山中幽景，開窗即見，選勝入妙，縱在夏夜，炎暑亦消，大有坡老水調歌頭詞中「又恐瓊樓玉宇，高處不勝寒」之境。山中產竹既多，土人取之無禁，用之不竭，乃取竹製器，精巧異常，資以爲利焉，是亦生產之一道也。

輓唐紹儀前輩之聯憶述

唐少川（紹儀）先生，粵之中山縣唐家灣人也，爲外交界前輩，中華民國第一任內閣總理（前清任郵傳部尚書），後南來護法，與　國父孫中山、伍廷芳前輩等同爲七總裁，迨西南政務委員會成立，爲該會常務委員，爲服務桑梓，不卑小官，兼中山模範縣縣長，才識德量，爲世所崇，中外共仰，天下之大老也。因在中山縣不能行其志，才大不適於小用，去而居滬，身雖在野，志切匡時；值日寇侵凌，同仇敵愾，愛國並不後人。迨南京將陷，上海瀕危，當局恐其陷敵，勸其離滬，伊因有一傷心事，不願人知，筆者知其隱衷，即其不欲南行之一大原因，擬俟將古董售去，即備資出國。日寇初欲利用其組僞府，派人游說，迭遭其嚴詞拒絕，但外間不察，流言紛起，被人誤會而狙殺，痛乎寃也！

及事後在港開追悼會時，中外人士，咸哀悼之，有二聯足爲唐鳴寃者，可紀也。

一　孔昭炎輓唐先生聯

微管夷吾，民到於今猶左衽；
賊來君叔，史終不白是何人。

二　徐傳霖輓唐先生聯

論才論識論智，論道德，論器量，論資望，論勳勞，五族中惟公是第一流人物，乃黃鐘毀棄，瓦缶爭鳴，致令韓世忠老作閒民，誰握國家權？應尸其咎！
若滿若熱若燕，若江淮，若河漢，若錢塘，若珠海，數年內被賊占十餘省地方，尚頡利未擒，樓蘭待斬，忽報來君叔慘遭刺客，我為天下慟！以哭其私。

按上二聯，均以「來君叔」比唐，而爲其持正義，的是公論！

註　來歙，漢南陽新野人，字君叔，光武時，官至中郎校，平隗囂，進擊公孫述，為刺客所狙殺（聞刺客為公孫述所遣），贈征羌侯，謚曰，節。

豫鄂雞公山之勝遊話方振武

雞公山在河南省信陽縣內，與湖北省接界，當大別之脈，跨豫鄂兩省，在平漢鐵路南段的新店站附近。山南十二華里，即爲武勝關，所謂一夫當關，萬夫莫敵之要隘也。爲歷史上兵學家用兵所必爭之重地，宋岳武穆（飛）與金兀朮曾戰於此，雙方爭奪戰，九失九復，爲宋史著名戰役之一，和韓世忠率水軍大破金兵於黃天蕩一役齊名，其險要可知也。

雞公山之得名，因該山最高之峰頂，其形酷肖雞公之頭，過去土人直以雞頭山稱之，今人則皆呼之爲雞公山，經過吳子玉（佩孚）於直軍大敗後居此，其名益顯。雞公山風景優美，氣候溫和，尤其在夏季炎熱，華中人士，視爲避暑消夏的好所在。從車站到雞公山頂，約兩小時左右，便可到達，沿途在曲折小徑通過，總是叢林幽茂，樹蔭蔽天，芳草萋萋，野花簇簇，令人不覺有炎熱之苦。

山頂上有平漢路局所設的招待所，富麗堂皇，賓至如歸，居停善於招徠，令客樂不思蜀。山上設備，堪稱現代化，崇樓傑閣，洋房別墅，花圃涼亭，隨處可見。而山泉游泳場、溜冰場、跳舞場、公園、學校、教堂，應有盡有，一切供人享用的條件，均能具備，如廬山一樣情形，各國人士，結侶攜眷，登臨避暑，以度此漫漫長夏者，大不乏人。

登高一覽，遊目四顧，便見山脈連綿，群峰環抱；拏空老樹，狀如虬龍；撲地石岩，形似蹲虎；瀑布奔流，水花激濺，很像瑞雪紛飛，碎玉相擊；蜿蜒山道，曲徑通幽；翠竹蒼松，綠楊紅槿，枝連交柯，葉密成蓋。儁侶儷影，盤桓於月下花間，或詩句唱酬，或笙歌交響，或高談雄辯，或淺酌低斟，各適其適，各樂其樂。若晨興健身，作戶外運動，呼吸清新空氣，不必吐納飛昇，煉丹燒汞，儘足延年，無病長生，已是神仙中人了。無怪吳子玉於叱吒之聲方歇，林泉之勝流連，而停驂雞公山麓，作寓公多時也。

筆者當年之遊雞公山，並非為遊覽名山勝境，而是為抗日組軍事件，作了一次勝利的「說客」而遊山。是時，在九一八東北淪陷之後，日軍進窺長城，方振武將軍，與葉夏聲訪余（葉是時為抗日軍司令部參謀長），為組織抗日義勇軍籌餉事，請余代向殷富李光業勸助巨款，以赴事機。李與余為稔交，在雞公山建有崇麗別墅一座，美輪美奐，優哉悠哉，樂處林泉，鮮見賓客。因李酷愛書畫，以重金購得鄧頑伯（石如）之冊頁廿幀，請余題跋，約作山遊。

於是余偕方葉兩君登雞公山訪之，李富而好禮，堅留余三人作平原十日飲。余正在思索「如何激發李光業損資」之策，猛憶起此山爲岳武穆力挫金兵之地，話有入題，胸有成竹。乃於洗塵讌罷，引古證今，痛論抗敵保國，爲全民之責任，假使南宋當時民氣激昂，群力團結，有錢出錢，有力出力，全民爲岳元帥後盾，朝廷縱欲議和，人民亦可起而救國，何至使「忠良飲恨，國境淪亡」？而今，國體民主，國之興亡，匹夫有責，東夷侵境，問鼎中原，一旦覆巢，焉有完卵？資財土地，拱手讓人，與其坐而待亡，孰若與其一拼！人心未死，尚有可爲！獨惜富人，多忘公敵，漢之卜式，今已鮮見矣！

余說罷，長嘆一聲，不理座上主客，獨自步出騎樓，仰天高聲朗誦岳飛滿江紅詞：

怒髮衝冠，憑欄處瀟瀟雨歇，抬望眼仰天長嘯，壯懷激烈，三十功名塵與土，八千里路雲和月，莫等閒白了少年頭，空悲切；靖康恥，猶未雪，臣子恨，何時滅，駕長車踏破，賀蘭山缺；壯志飢餐胡虜肉，笑談渴飲匈奴血，待從頭收拾舊山河，朝天闕。

李光業聞余悲壯之音，見余激昂之態，忍不住，亦步出騎樓，睹余「仰天出神，作深思狀」，曰：「子何思之深耶？」

余曰：「此地恐非我輩所能長住耳！日寇如破長城，長驅直進，吾土必焦，吾人寧有噍類耶？」

李聞余言，頷首者再，懇切謂余曰：「子此次偕方將軍及葉先生來，其有事乎？如有所需，明以告我，或能盡棉力也。」

余曰：「善！」遂復歸座，將方將軍來意告之，並謂：「長城戰事，吃緊萬分，而方將軍所部『抗日義勇軍』餉絀，未足以勵士，知公富而好義，所以偕其來訪，冀能助之，國家幸甚！」

李曰：「現本人願捐助銀圓（袁頭）六萬，聊盡國民一份子的義務，如將來再有急需，當惟力是視。」

方向李道謝，葉亦譽之爲「今之卜式」也，方請余爲其撰一〈長城抗日歌〉，以簡明爲旨，使軍士唱之，行軍時頓忘其苦，並須鼓勵士氣，余乃擬成騷體的歌詞四句。

長城抗日行軍歌

男兒生兮未成名，國難亟兮奮請纓，揮戈落日兮揚我武，熱血沸騰兮馳馬長城。

葉曰：「此歌雖四句，而段落整然，伸長之可成爲四大段，首言男兒不應虛生，應爲國立功成名；次言日寇侵略，國難急亟，凡我國男兒，都應該奮發請纓，以繫『單于』之首；續言揮魯陽落日之戈，我武維揚；結言熱血騰湧，馳馬長城殺敵，以赴事功。語簡明而意激昂，甚合行軍用，音韻亦鏗鏘。」方言決用此歌，余謂：「信口胡謅，葉先生過譽了。」

方擬越日下山，與葉趕赴前方，李欲留住些時，余曰：「軍事緊急，非遊宴之時，不必客氣。」李遂以在天津付款之親筆函交葉，囑到天津提款。留余多住數天，爲其題跋。

越日方等去後，李與余遍遊全山，並指吳子玉曾居之處，告余以一段笑話，云「吳子玉自奉直戰爭失敗，由洛陽夜走雞公山，當時有好事者將唐詩人王昌齡〈芙蓉樓送辛漸〉原詩：

寒雨連江夜入吳，平明送客楚山孤，洛陽親友如相問，一片冰心在玉壺。

改爲〈吳子玉別洛陽入吳境〉詩，將首尾兩句互調，詩云：

一片冰心在玉壺，平明送客楚山孤，洛陽親友如相問，寒雨連江夜入吳。

這樣調換首尾句子，便覺全詩成爲「吳子玉別洛入吳」了，可謂巧思！此亦足爲勝遊雞公山之談助也。

王仲瞿否定紅拂私奔故事

江東才子王仲瞿（曇）才氣縱橫，其所爲詩文，有奇氣，筆者曾述其事略及評史詩於芝蘭室。茲再錄其題安吉縣（屬浙江湖州府）〈金鐘山李王廟并書夫人寢碑〉之詩及序文，謂《唐書》及虯髯傳不合事理，以否定紅拂私奔故事。

按李靖，唐三原人，字藥師，李嘗謂丈夫遭遇，當以功名取富貴，初仕隋，後歸唐，平吳，破突厥，定吐谷渾，功業甚偉，封衛國公，謚景武（以上見《唐書》）。後人錄《李衛公問對》一書，是李靖與唐太宗論兵之語，凡三卷。蘇軾謂此書爲阮逸僞撰，胡應麟亦謂其詞旨淺陋猥俗，然宋元豐以後，列於《武經七書》，於兵家微意，亦時有所得（已著錄《四庫全書》）。此李靖之史略也。

按紅拂，隋之名妓，姓張，名出塵，本隋相楊素之侍妓，李靖以布衣謁素，姬妾羅列，中有執紅拂者，有殊色，獨目靖，其夜靖歸逆旅，紅拂奔之，曰：「妾楊家紅拂妓也，絲蘿願托喬木，乃與俱適太原。」（以上見《唐書》，及〈虯髯傳〉）楊基詩亦有「座中紅拂解憐才」之句，此紅拂私奔之故事也。

王仲瞿金鐘山題李王廟并書夫人寢碑

安吉為唐故鄣地，公平輔公祐於此，故碑有平盜丹陽之語，今名李王山，山中碑版林立，皆唐宋人書案，公為韓擒虎外甥，初見楊素，即有拊床推坐之目，公為庸人，亦當感恩知己，況英雄乎，是必無私其侍姬，為申公巫臣之為者，小說欲以英雄推夫人，故重誣衛公矣，詩以辨之。

其一

金天華嶽一書通，首上江陵十策功。青海驕汗巢穴盡，陰山亡主幕庭空。

韓擒宅相難為舅，楊素胡床推與公。能得青年有知己，良弓高鳥自英雄。

其二

我讀虯髯傳不然，夫人墳塚象祁連。衛公謹畏如平日，越國房幃況晚年。

侍史忍辭袁盎去，舍人肯負孟嘗賢。唐書兩種難憑信，況且虞初九百篇。

按王之否定「私奔」，亦有見地，與蘇軾謂《李衛公問對》爲僞撰，同是才人獨特之見。

秦嘉徐淑夫婦敬愛之書札

近世士德澆薄，人慕虛榮，世尚浮華，女求享受，視家庭爲傳舍，以離婚爲趨時，或縱慾而荒淫，或嫌貧而變節，或喜新而厭故，或貪利而輕離，或意氣用事而起爭端，或行爲乖謬而難好合，或始亂而終棄，或境異而思遷，或信讒而猜疑，或悍妬而凌虐，夫婦之道遂苦，人倫之變足傷！綜厥原因，由於不敬、不誠、不忍、不諒而起。

所以筆者提倡以「四相」替代「四德」之說，爲齊等齊家之道。何謂四相？曰：相敬、相勉、相諒、相忍是也。蓋古稱婦女之四德，爲婦德、婦言、婦容、婦功（見《後漢書》）。（男之四德，則《易經》以「元亨利貞」爲乾之四德，乾即男也。又《小學紺珠》以「孝弟忠信」爲四德，而婦女之四德，即坤德也。）昔人多以此專責之於女界，視同箴規。須知齊家之道，男女同負其責任，宜各盡其義務，故以「四相」倡，必互相敬勉，互相諒解，互相忍耐，然後能齊其等（平等也），齊其家，必以相敬始，然後能保其「相愛」終也。姑舉秦嘉徐淑夫婦之「互相敬愛，互相勉勵，互相諒解，互相忍耐」以爲例。並附錄其書札，而加註釋。

後漢秦嘉，隴西人，妻徐淑，淑德而能文，嘉被命為「上郡椽」，淑以疾還家，不能面別，嘉以書迎之，書曰：「不能養志，當給郡使，隨俗順時，黽勉當去，知所苦故爾，未有瘳損，想念悒悒，勞心無已，當涉遠路，趨走風塵，非志所慕，慘慘少樂。又計往還，將彌時節，念發同怨，意有遲遲，欲暫相見，有所屬託，想必自力。」（見〈秦嘉與妻書〉）

徐淑得書，以疾未癒，不能往，乃答嘉以書而勉之，書曰：「知屈珪璋[註一]，應奉藏使[註二]，策名[註三]王府，觀國之光[註四]，雖失高素皓然之業，亦是仲尼執鞭之操[註五]也。自初承問，心願東還，迫疾未宜，抱歎而已！日月已盡，行有伴侶，想嚴裝[註六]已辦，發邁[註七]在近，誰謂宋遠[註八]，企予望之，室邇人遐，我勞如何！深谷逶迤，而君是涉，高山巖巖，而君是越，斯亦難矣！長路悠悠，而君是踐，冰霜慘烈，而君是履，身非形影，何得動而輒俱，體非比目[註九]，何得同而不離，於是詠萱草[註一〇]之喻，以消兩家之思，割今者之恨，以待將來之歡。今適樂土，優游京邑[註一一]，觀王都之壯麗，察天下珍妙，得無目玩意移，往而不能出耶！」

註一　珪璋：言秦嘉才能之美，喻其特出於眾也，「禮聘義」，圭璋特達。又《晉書》，導謂和曰：卿圭璋特達，機警有餘，不徒東南之美，實為海內之俊。徐淑謂其夫以珪璋特達之材，而屈居卑位，慰勉之也。

註二　藏使：庫藏之使也，喜為上郡椽，輸賦於國庫，故以此稱之。

註三　策名：言仕宦為臣，名書於策也。

註四　觀國之光：《易經》觀卦語。

註五　執鞭之操：《論語》，富而可求也，雖執鞭之士，吾亦為之。徐淑借孔子之語，以慰嘉之奉使也。

註六　嚴裝：行裝嚴整齊備也。

註七　邁：遠也；發邁，出發遠行也。

註八　誰謂宋遠：企予望之。《詩經》：衛風河廣語。

註九　比目：比目魚也。

註一〇　萱草：萱草可以忘憂也，亦謂之忘憂草。

註一一　京邑：指「上郡」，在今陝西，為西漢京都，舊稱京邑。

按徐淑答秦嘉書，其敬愛慰勉之情，溢於言表，末段則誡其毋惑於京邑之繁華，而爲外物所移，斯君子愛人以德之意也。

秦嘉得徐淑上述覆書，知妻不克來，乃飭人送珍物，並附以書云：「車還空返，甚失所望，兼敘遠別，恨恨之情，顧有悵然。間得此鏡，既明且好，形觀文彩，世所稀有，意甚愛之，故以相與；並寶釵一雙，好香四種，素琴一張，常所自彈也。明鏡可以鑒形，寶釵可以耀首，芳香可以馥身，素琴可以娛耳。」

徐叔得書及各物，再以書答之：

既惠令音，兼賜諸物，厚顧慇懃，出於非望。鏡有文彩之麗，釵有殊異之觀，芳香既珍，素琴益好，惠異物於鄙陋，割所珍以相賜，非豐恩之厚，孰有若斯！覽鏡執釵，情想彷彿[註一]，操琴詠詩，思心成結。勑[註二]以芳香馥身，喻以明鏡鑒形，此言過矣，未獲我心也。昔詩人有飛蓬[註三]之感，班婕妤[註四]有誰榮之歎，素琴之作，當須君歸，明鏡之鑒，當待君還，未奉光儀[註五]，則寶釵不列也，未侍帷帳，則芳香不發也。

註一　彷彿：如見其人也。

註二　勅：誡也。

註三　飛蓬，言髮亂如蓬，見《詩經》〈衛風〉，「首如飛蓬」，詩意：夫正行役，無心修飾也。

註四　班婕妤：漢成帝時選入宮，婕妤賢才通辯，成帝寵之，迨飛燕入宮，婕妤寵衰，退處東宮，作賦自傷，賦中有「君不御兮誰為榮」之句。

註五　光儀：光華之容儀也。

按此書，愈見其情之重，愛之深，而敬之篤也。賢婦人相夫以正，教子以義，此齊家之本也。今之人，去齊家之道遠矣。關心世道者，此所以引以爲憂也！筆者記此，意在斯乎。

夢中夢

「舉世若大夢，胡爲勞其生？」人生苦樂，得失榮枯，夢也！國家存亡，治亂興衰，亦夢也！黃帝之夢得力牧以爲賢相，武丁之夢得傅說以爲良弼，文王之夢飛熊，莊周之夢蝴蝶，盧生之夢覺黃粱，江郎之夢得彩筆，無一而非夢也！所以諸葛亮有「大夢誰先覺」之吟，李青運有「浮生若夢」之說，信不誣也！

擎天（筆者）於秋夜，飲酒賦詩，悠然入夢，飄飄乎神遊太虛，栩栩然魂返蘭室，夢中見吟秋客施施從外來，告余曰：「子隱於一室之內，溺於詩酒之娛，是獨樂也，曷若共樂！願借室隅之蕉窗，各適其樂，何如？」余報曰：「可！」吟秋客乃酌於窗下。時也，長風入戶，皓魄澄空，月彩西流，樹影東向，葉辭枝而起舞，草謝色而知傷，吟秋客曰：「是秋氣也，既以「吟秋」名，曷可無吟乎！」悵然詠詩二章，詩曰：

弱水蓬萊遠，愁懷難自降！素娥如有意？偏照讀書窗。

嘯殘明月墜，歌罷彩雲流；願向西王母，瓊漿借一甌。

吟秋客吟罷，隱几假寐，俄而鼾聲作，旋聞窗外簌簌有步履聲，吟秋客從窗隙窺之，見兩綠衣女，風鬟雲鬢，綽約多姿，坐庭間石桌之上，讚歎風月之美，談笑間各訴衷曲，愁緒橫於眉黛，淚痕融於頰頤，語細而多，不能悉記，吟秋客祇記其歌，其稍長之女歌曰：

對明月兮懷佳人，清露滴兮亂愁盈，湖山徙倚兮空自悲吟，芳心不轉兮幾度含情。

其較幼之女和而歌之曰：

垂翠袖兮飄素香，懷佳人兮天一方，仰鴻雁兮思心傷，安得借彼羽翼兮共翱翔。

二女歌畢，餘韻不斷，芳香襲人，吟秋客啓窗欲問之，二女已振衣而起，沒入蕉叢矣。

吟秋客異而呼曰：「豈非綠蕉之精靈乎？」乃告余以其夢中之所歷。

余聞而驚其奇，豁然而醒，惟見燭影搖紅，杯盤狼藉，吟秋客亦不在室，始悟余在夢中聞吟秋客之夢話也！泚筆以記夢中之夢，宇宙間一切，亦可作如是觀。

烈女殲仇記

太湖（古名震澤，又有笠澤五湖等名），跨江蘇、浙江兩省，湖中小山甚多，水石之勝，天然入畫，世稱爲洞天福地。惟港叉紛歧，岡陵重複，亦爲盜匪嘯聚之藪。每遇朝政不修，世亂官慵，則伏莽竊發，踞以爲巢，山澤之雄，出沒無常，遂爲行旅舟航之大患。

清末，經洪楊亂後，餘黨潛伏於太湖者，一變而爲有組織之江湖大盜矣。時有江北阜寧商人汪大椿，攜妻女僱巨舟販貨，經太湖，黑夜遇盜幫洗劫，全家被殺，祇幼女彩虹，驚極投江，爲漁人救起，收作義女。

汪彩虹年已十四歲，聰慧端麗，目睹父母爲盜所害，日夕啼哭，矢志報仇，奈纖纖弱質，談何容易，日處漁舟，更何從打聽盜首爲誰，匿於何處？但彩虹蓄志不餒，伺機仍待復仇，夢寐不忘，哀痛日甚。

一日漁翁忙於捕魚，命彩虹攜魚入市，售魚沽酒，遇一惡少年，涎其美色，向其調戲，彩虹飛奔避之，誤與比丘尼撞個滿懷，尼護之，詢其故，彩虹具告之，而惡少年已追至，尼喝止之曰：「光天化日之下，萬目睽睽之中，何得輕狂而欺一弱女子耶？」

惡少年欺女尼孤單，怒詈曰：「何物禿尼，敢干預老子事。」駢指向女尼胸前進襲，尼以二指夾之，惡少年兩指立斷，負傷而逃。彩虹知尼爲非常人，求師事之。尼曰：「出家人清苦，小姑娘能之乎？」彩虹曰：「小女了有血海深仇而不能報，死亦不怕，苦何足懼！」尼壯之，詢其身世甚詳，予以同情，遂許之。

從此彩虹辭別漁翁，隨女尼歸蓮花庵習技，四年不輟，技猛進，尼酷愛之，更悉心傳授。彩虹身懷絕技，而不識盜魁何名，匪巢何所，乃日夜向佛前哭禱，求爲父母報仇。習爲常課，仍禱如故。

某夜，汪彩虹得一夢，見其父告之曰：「春無日，只生禾，油無水，下月多，姓名兩字確無訛！」夢中見父瀕行時猶云：「記得此偈，盜可索而得之矣。」彩虹醒，恐忘記，以筆書其偈語於衣帶中，反覆思之，仍不悟，晨，告諸比丘尼，尼曰：「偈示甚明顯，『春無日，只生禾』，是春字去了日字加入禾字，即爲『秦』字也。『油無水，下月多』，是油字去了水旁而下多一月字，豈不是『胄』字嗎？偈明示姓名只有兩字。那強盜一定是姓秦名胄了。你技已有成，爲報父仇，不妨化裝男子，出外探聽太湖群盜中有無秦胄其人，再作道理，今贈你以利劍一柄，盤費百金，擇日起程可也。」

彩虹遵師命，摒擋一切，化裝男子，藏劍懷金，向尼叩別，離蓮花庵，在江邊僱船，向太湖內港而航，沿途水陸風景，無心賞玩，一心記著全家血案大仇，追索盜魁殲之，方遂其志。但多日打聽，毫無下落，恐曠日持久，盤費用罄，不是辦法。乃變更計畫，捨舟登陸，在太湖內之村莊求為傭工，一可省卻開銷，二可結識村人，主意決定，依計而行，很順利，被她獲得一家姓林的大莊戶裡當工。她勤慎服務，和藹待人，村裡土人，都喜與她扳談。她就東拉西扯，旁敲側擊，打聽姓秦的蹤跡，亦無所知。

林家中有一位戚屬在湖西辦喜事，需人助之。林莊主見彩虹勤慎，就派她往送賀禮，及助戚家工作。她到湖西，不久便聞得戚家賀客談及秦胄已陞官，調任至山東濟南府參將之職，心中一喜，但不知是否同姓名，她懷疑強盜怎會陞官？她立心徹底探聽，乃對該賀客小心侍候，乘便問他，所說姓秦的是哪裡人，是否一向做官？那客人反問她為什麼要這樣詳細地問姓秦的來歷？她就捏造事實，說她有一姑母是嫁給秦胄，因隔別太久，不知近狀，所以隨便一問，因她已改男裝，化名李廣，戚家又說她誠實，客人亦不致疑。客人說：「這位秦胄，是捐官的，他很有錢，又懂得武藝，很會巴結上司，由千總隨軍立功，不數年，遂擢陞參將，調往山東剿捻匪，詳細底蘊，我亦不大知道。」

彩虹得此端倪，心中雖未敢決其就是盜魁秦冑，但聞其捐官不過數年，且懂武藝，已甚近似，不如辭工返蓮花庵，將探得情形，稟告師傅，再作打算。

於是辭林莊主而僱舟回庵，將情告女尼，尼曰：「不管是否此人，既有線索可尋，亦應跟蹤查個明白。」彩虹意遂決，乃別尼渡江北行，仍化男裝。於渡江時，臨流窺影，回望江南風景，百感交併，愴然下淚！在尼處習詩習武，意欲嘗試一下，詠七絕二章：

江湖孰識女兒身？萬里尋仇又問津；眼底橫刀誰健者？仇頭待斬慰亡親。

平林漠漠含秋雨，芳草萋萋映碧潭；一片輕帆雲際出，望中菁翠是江南。

詩成，頗能將「化裝尋仇，詩別江南」的烈情詩思，一豁胸襟，將積恨幽懷，傳諸筆底。覺得自己雖爲女兒身，而能橫刀矯健，萬里尋凶，亦算得上巾幗英雄！在舟中回望江南風景，平林秋雨，芳草碧潭，一片輕帆，如在雲際出沒，岸上菁蔥未凋，映水生碧，確是江南秋天的景物，饒有詩意！自己憂患叢身，征途僕僕，雖未敢與大詩人相比，但詩境不俗，已是風雅中人了！

這時渡江後，曉行夜宿，有時披月戴星，趁涼趕路，直向山東濟南府而來，投宿旅舍，詢悉秦參將衙門，與旅店不遠，遂於深夜，改換夜行武士裝，懷利劍、暗器、軟索、火種、革囊等物，嚴裝輕發，從樓窗躍登瓦面，猿步鳥翔，一路向參將衙後園躡進，竄上樹梢，見翠樓後窗洞開，燈光外露。乃借枝葉掩蔽，窺見窗下兩婢互談，其中一雛婢曰：「大人深夜還在前樓與客人酣飲，不回後樓憩息，四姨太還要我們候大人返後樓進參湯，這樣不得睡，眞是苦煞！」

其中一較長的婢曰：「你只曉得貪睡，大人一定有要事與客人密商，才耽擱至深夜，尚未就寢，你懂什麼？」彩虹知秦胄在前樓，不再聽下去，即竄上瓦面，躡跡至前樓，以纖足勾簷欄，用倒捲珠簾的絕技，探首窺廳間，見有二人對坐，一則虬髯豹眼，隱露凶光，一則獐頭儒服，搖足諂笑，語音帶長江口音，正對酌密談。

那獐頭儒服的人向虬髯漢說：「秦老大您剛才說那票買賣，可以幹的，不過要幹得技巧一點，最好是在鄰境下手，不在您轄下出案子，就一點責任也沒有了。」那虬髯漢答道：「這可不是嗎！我憑在江湖上多年的經驗，沒有一次失手的，現在有了官職掩護，還會走下風嗎？但，要打聽那珠寶商運貨過境，有無扎手的鏢師護貨，如果是有的話，咱就要親自出馬，你派張豹子去跟蹤打聽打聽，回來密報，咱們再作最後決定。」

那虬髯漢說完，起身舉手伸了一個懶腰，彩虹見他手上的玉鐲，正是她亡父的東西，心中一酸，知這凶賊就是殺父的仇人。但要謀定而動，不敢鹵莽，恐被他瞧見，急縮回瓦面，待人散燈滅，潛回旅舍。默思這夥強盜，化身為官，有了勢位，如虎添翼，自己孤身女子，怎能把這夥強盜一網打盡呢？他們既還要幹黑道上的買賣，顯犯國法，不如向他上司密報，配合朝廷的威力，才是辦法。但必要打聽濟南的公正大員是誰，才可以告密的。計既定，越日與旅店主人閒談，聞悉山東濟南府知府梁維廉，為官清正，鐵面無私，記在心裡，準備告密。

嗣探得梁知府公出回衙時，攔輿告狀，差役領至輿前，梁喝問：「何事？」彩虹曰：「小人有奇冤，大事告密，乞大人帶回衙中密訊！」梁命人帶回候訊，抵衙後，命武弁帶彩虹來，彩虹乞請在內堂密訊，因事關重大，恐有泄露，梁許之，派心腹弁役，帶至內堂，彩虹始將狀詞呈上，梁讀狀詞，知其為烈女代亡親伸冤，及涉及參將為盜內幕，即請夫人驗明彩虹確是女身，乃收留衙中，將案立交濟南游擊顏中玉密查參將秦冑一切情形。因顏中玉原為梁之外甥，允文允武，少年有為，由梁提拔，積功官至游擊。

顏中玉奉到密令，先到知府衙中訪彩虹，詳詢經過，並知其能武，足為己助，溫語慰之，仍囑以男裝居衙中，以待破案。

顏回至己衙，即密派心腹人員，監視秦參將行蹤，及跟查其往來人物，自己親至參將衙中拜訪，佯與秦冑交厚。秦見顏游擊是知府至戚，武藝出眾，官階亦近，樂與周旋，稱兄道弟，往來漸密。顏則隨處留心，察其虛實，知其黨羽之隨任至濟南者不滿百人，參密謀者則為獐頭儒服之張小珊，張豹子即小珊之弟也。

顏游擊佈置妥當，仍請彩虹每夕必夜探參將府，窺其動態。歷旬日，彩虹探得張豹子已回，向秦冑密報：「珠寶商聘鏢師羅大綱，護貨將入泰安縣境，羅鏢師武藝高強，是一個扎手的硬漢（扎手，是厲害也），這一次非當家（頭領也）親去不可。」張小珊進言曰：「泰安縣已屬濟南府轄治，趁其未入境，在境外松林兩旁埋伏，由老大領隊，扮作綠林響馬，半途截劫，定必成功。」秦冑頷首，定期後夜率領心腹黨羽八十人，分批馳往松林集中。

彩虹報知顏中玉，顏即請梁知府密報山東巡撫，令派顏率部圍捕秦冑。顏奉令，請彩虹協同前往，留一部人馬監視參將府，其餘盡行化裝行商腳夫，預先在松林四周埋伏。及期，羅鏢師與助手及珠寶商、縲車伕役等魚貫而來，抵松林，聞響箭飛來，繼之群盜湧出，羅與戴面具之盜魁接戰，正相持間，另一盜黨頭目已率眾劫珠寶商及車輛入松林，羅大綱見狀，即捨盜魁而馳救貨主，剛入松林，盜魁已擲鏢中羅肩，追前擬殺羅，忽松林四周殺聲大起，群呼「不要放走強盜秦冑」，秦四顧各路，已見火把齊明，顏中玉匹馬當先，率部圍攻，秦不敢應戰，落荒而走，顏中玉隨後趕來，秦冑躲入深林，不料樹上突來百抓飛索，迎頭罩下，欲脫不能，遂為顏中玉所擒，彩虹亦從樹上飛下，盜黨悉被捕，救出鏢師與珠寶商等，命其明日至濟南府候訊指證。

顏中玉押解盜等回衙，梁知府親自提訊。汪彩虹回復女裝，出堂指控，珠寶商等亦指證被劫，鏢師受傷，證據確鑿，不容狡賴，秦冑與張小珊、張豹子及黨羽均已認供，即監押候辦。梁知府備文詳報上級，山東巡撫據以奏報朝廷，旨下，盜等處斬，抄家起贓，發還原主，烈女汪彩虹旌賞，顏中玉擢陞。

案既結，梁知府夫婦憐彩虹無依，收為義女，顏中玉尚未有室，以彩虹配之，彩虹相夫立功，顏屢陞官，授職提督，彩虹已成爲誥命夫人矣，偕夫往蓮花庵訪其師，則女尼已雲遊他往，不知所終，祇訪得救命之漁翁，厚謝之而已。

畢秋帆狀元與王文治探花之詩

遜清乾隆之世，時當昇平，詞臣輩出，乾隆廿五年，畢秋帆（沅）以殿試第一，狀元及第，王夢樓（文治）以殿試第三，探花及第，茲將畢、王二人之事略及其詩，分述於后：

一　畢沅

畢沅，字湘蘅，號秋帆，鎮洋人，掄元後，官至湖廣總督，贈太子太保。著有《靈巖山人詩集》，秋帆少得詩法於其舅張少儀郎中。登大魁，入詞垣，出任封疆，愛才下士，海內文人，咸歸幕府。凡有吟詠，信筆直書，天骨開張，無繪句絺章之習，又好刻書，惠定宇徵君所著經說，悉爲剞劂。生平有幹濟材，在陝，重建省城，及修華陰太白祠，暨涇渠。在豫，開賈魯河，修桐柏淮源廟，金川用兵，凡軍裝騾匹，陸續協濟。深受乾隆寵遇，取其所撰《關中勝蹟圖志三十二卷》，錄入四庫館書中；又取所進李廷珪墨，北宋刻絲山水，題詩嘉賓，以示優眷，每逢入覲，必令在南書房，矢音賡和。出領封疆，入參侍從，其見重於高宗（乾隆帝）也如此。其所爲詩，如與洪亮吉、孫星衍、吳泰來、錢獻之等《華嶽聯句一百韻》，及古體長歌，篇幅所限，不便記述，姑擇其五言、七言律詩錄后：

吳泰來邀集聽雨篷小歇即席有作

寂寂園林夜，開樽石閣西，風池搖月碎，露竹帶禽低，

獨罰輸棋酒，重分詠史題，豪情殊未已，無奈五更雞。

按此詩，純任自然，不事堆砌，而天籟自見，逸趣盎然。

甘肅荒旱辦賑，感時述事，寄蘭州當事諸公，律五首，錄其三：

解渴爭泥水，充飢囓草根，四年三遇旱，十室九關門，流徙兒孫絕，蕭條壟墓存，

更誰攜麥飯，燒紙醴孤魂。

天低妖霧合，日瘦暮山寒，暴骨烏爭肉，敲門鬼索餐，哀歌喧薤露，藁葬缺桐棺，

一掬鮮民淚，憂來豈有端。

賣兒償一飯，鬻婦索千錢，長別寧堪此。生存亦偶然，吞聲知淚盡，分手尚衣牽，決絕真無計，斯須立道邊。

按上述三首，描寫當時旱荒慘狀，絲絲入扣，一字一淚，令人不忍卒讀，畢沅三詩，又不啻爲今日寫照也，可勝浩嘆！

送趙文哲舍人昔嶺軍營三首

蕭然吳下一書生，絕徼三年聽鼓鉦，虎帳拂雲朝草奏，龍泉壓雪夜譚兵，平淮功定資裴相，檄蜀文還仗馬卿，此日賜環人未老，好憑筆陣掃欃槍。

月落威弧曉出芒，傳聞幕府運籌長，烽青劫外雙名士謂趙文哲與王蘭泉，頭白兵間一錦囊，人血醮題詩句健，鬼燐入帳夢魂涼，丈夫若遂封侯願，老死沙場儘不妨。

插羽飛馳尺一書，開緘鄭重抵雙魚，古懽同結千秋上，病骨孤支百戰餘，兵革殘生詩卷在，江山狂興友朋疏，斑蘭嶺外今宵月，肯照吳淞舊草廬。

按上述三首詩，可謂壯志凌霄，奇句邁古，忠誠勇氣，緩帶輕裘，兼而有之，於吟詠中已可想見其抱負矣。雖爲詩送趙文哲舍人，其實夫子自道也。

二　王文治

王文治，字禹卿，號夢樓，丹徒人，探花及第，官至臨安知府，著有《夢樓詩集》。賦才英俊，尤工書，楷法河南，行書效蘭亭聖教。入京師，士大夫多寶重之。時全侍講（魁）周編修（煌）奉使琉球，挾以俱往，故其詩一變，頗以雄偉見稱，及歸，以第三人及第，益風流自喜，不四、五年，出守臨安，又二年，被劾東還，遂無意於仕進矣。其時錢塘袁子才（枚）壯年引退，以詩鳴江浙間，夢樓繼其後，聲華相上下。年未五十，即耽禪學，精於《楞伽》、《唯識》二書。晚年刻其詩若干卷，中多秀句，如：「將離更唱紅蘭曲，相憶應看青李書」，又：「煙光自潤非關雨，水藻俱馨不獨花」，及：「光生明月琉璃地，暖勒餘春芍藥天」，暨：「芳草心情淹妓館，梅花時節上僧樓」。清麗可喜，皆堪吟翫。茲將其古體、近體、五言、七言詩，摘錄於后：

登萬壽閣望華山 五言古體

華嶽天下奇，巒岫逞百變，三峰矗雲外，茲閣當其面，拱手群帝朝，舒臂巨靈現，落日蒸為雲，古雪積如練，咫尺青蒼飛，倏忽紅紫眩，其後枕大河，玉帶繞秦甸，混茫銀漢接，一氣誰能辨，平生海山游，絕域跡頗踐，汀岳相磅礴，壯觀特未見，安得臨絕頂，南條尋討遍，餐霞忘歸來，冷然御風善。

按此詩是登萬壽閣望華山，所謂「從對面著筆也，將三峰靈奇百變，撮入毫端」，而掉筆於「餐霞」、「御風」爲結句，浩然有出塵之想。

題畢秋帆同年倚竹圖 七言古體

人生豈合居無竹，滾滾紅埃使人俗，開圖忽覺寒翠生，滿紙琤琮敲碧玉，萬竿叢雜緣山阿，西轉坡陀臨水曲，赤日不到晝亦陰，清風欲來雲自綠，昔君得意逞馬蹄，共羨長安花看足，千紅萬紫競爭春，何似孤根傍茅屋，與君交契託歲寒，柯葉不改凌霜肅，看加玉貌宜公卿，結實會應巢鳳族，翰林官貧朝苦飢，未免佳人在空谷，安得千戶同封君，一飽無餘自捫腹，移書急為問家園，三徑休荒舊松菊。

按此詩，是夢樓題秋帆之畫像，圖爲倚竹行樂，當然人竹並寫，而自己以歲寒三友（松竹梅）自居，亦占身分，詩中具見風骨，不同凡響。

城南晚步五言律詩

最愛城南路，無人自往還，孤舟殘雪岸，獨樹夕陽山，
黃竹園池館，紅橋臥水關，戴公招隱處，幽絕未能攀。

八公洞納涼五言律詩

白雲生古洞，赤日隔林邱，松籟千山雨，泉聲一壑秋，
茗香閒自酌，花落坐還流，他日誅茆處，支公為我留。

舟夜五言律詩

旅客三更夜，空江萬里天，戈涵星不動，帆正月同懸，

遠樹攢春薺，平蕪入曉煙，近鄉無限意，倚棹未能眠。

揚州逢琉球國謝恩使者馬宣哲鄭秉哲留飲舟中述別話舊慨然有作二首七言律詩

海天誰信此相逢，情話邗溝半夜鐘，萬里秘書歸日本，經年季子聘周宗，月高更酌

麻姑酒（麻姑山為琉球屬島產酒絕佳），潮響還疑辨岳松（辨岳為中山最高處多松柏），別後相思何處寄，瀛波春靜臥魚龍。

流水年華重感歔，隨槎曾向十洲居，映花孌女春鳴瑟，秉燭仙童夜侍書，斷素零縑

鴻爪在，紅塵碧海雁音疏，漁竿仍作滄江客，慚愧王門舊曳裾。

小集郭立齋舫樓劉雲峰以種竹後至

霽色流雲亂遠峰，三層樓迴倚高春，青山有約聽殘雨，滄海無端感舊蹤，

憑檻亟宜持酒賞，耕煙未得荷鋤從，紅牙玉琯填詞處（雲峰工小舍），明日應添翠幾重。

按夢樓風流自賞，詩與書法，亦俊逸如其人。無怪踵袁簡齋之後，以詩鳴於江浙矣。

桐城派文豪姚姬傳之詩

桐城派之得名，因清方苞（望溪）、姚鼐（姬傳）皆桐城人（桐城，屬安徽安慶府），其古文自成一體，繼起者咸宗之，世遂有「桐城派」之稱。

方苞，字靈皋，號望溪，清康熙進士，累官侍郎，以事落職者再。論學以宋儒爲宗，皆推衍程朱之學，尤致力於春秋三禮，文學韓歐，嚴於義法，凡所涉筆，蘊六籍之精華，採八家之神髓，爲桐城派之初祖，著有《望溪文集》等書。

姚鼐，字姬傳，清乾隆廿八年進士，官至禮部郎中。精研經學，破除漢宋門戶之見，著有《九經說》、《三傳補註》、《惜抱軒集》等書，而尤以古文名重天下，所選《古文辭類纂》，義例甚嚴，學者多奉爲圭臬，繼方望溪爲桐城派中堅。其齋名曰惜抱軒，學者稱爲惜抱先生，辭官後，屢主安徽敬敷書院、江寧鍾山書院、揚州安定書院，以「讀書學道」教多士，士林多重之。賦性慈祥，襟懷曠達，有山澤閒儀，有松石閒意，簿書刀筆，雅非所好也。詩旨清雋，晚學蘇玉局，輒多見道之語，品格清高，詩亦如其人，不僅以文之豪雄而見稱於世也。今記述其詩於后：

乙卯二月望後與胡豫生同住憨幢和尚慈濟寺觀月有詠五言古詩

夕陰連遠麓，嵐翠斂高岑，新月吐巖缺，光照寺西林，籃輿轉重障，杳度碧溪深，春樹葉未多，疏影落衣襟，佛宮坐遙夜，妙義託幽尋，上眺層閣暉，下步重階陰，素魄行無極，光霽曠來臨，本非有擇照，安知愛者欽，文學俊才筆，禪悅亦所歆，余衰邈違世，慕道恐弗任，非徒遣煩慮，更當遺賞心，闍黎淨業就，結習猶謳吟，共會忘言契，何嫌金玉音。

按此詩，大有「見景生情，聞道恐後」之意，不僅以詞藻取長也。

婺源胡奎若藏黃石齋註一先生自書五言詩蹟題後七言律詩

直言瀕死荷戈餘，社稷猶思再掃除，指佞朝廷惟汲黯註二，存亡時勢異申胥註三，秋來草沒宮門路石齋將死於江寧時，過故宮猶下車，見《榕邨記》，夜半鐙寒屋漏書，要識艱危成節概，不隨流俗在平居。

註一　黃石齋（名道周）：明天啟進士，福王時，官禮部尚書，南都亡，率師出衢州，與清兵遇，戰敗被執死，著有《易象正》、《洪範明義》等書。

註二　汲黯：漢濮陽人，武帝時，為東海太守，東海大治，召為九卿，面折廷諍，直斥奸佞，帝嚴憚之，曰，古有社稷之臣，黯近之矣。

註三　申胥：即申包胥，哭於秦廷，乞師以復楚國。

按此詩，以「獎勵氣節，指斥奸佞，志安社稷，雖值艱危，猶圖復國」爲大旨。今之賣國者，媚外竊位以爲榮，靠攏者，助奸叛國而變節，苟讀此詩，能不愧！必以砥礪廉節，發揚正義，爲自救復國之大道也。

詩答臺北李同善先生

辱惠書，附以律詩三十首，古風四章，敬領悉！展誦之餘，曷勝欽佩！神交千里，雲朵忽來，藻飾過當，益增慚感！

章太炎先生曰：「專家容易通才難」！擎天不敏，竊有志乎此，而恨力有未逮，通才豈易爲哉！

乃先生竟以邊孝先之腹笥、江文通之筆花、春在堂之著述，集「邊韶、江淹、俞樾」之衆長，以謬許於不佞之一身，徒負先生厚期耳！

顏淵曰：「舜何人也，予何人也，有爲者亦若是！」故不佞嘗爲門人題字，亦以「眞能有爲」相共勉，又從而釋之曰：「能人之所不能，是之謂眞能；爲人之所難爲，然後足以有爲。」不佞雖駑鈍，敢不勉乎哉！

老子曰：「道常無爲，而無不爲。」所謂「無爲」者，當順其自然也？所謂「無不爲」者，是大有爲也！無爲，是大道之體，無不爲，是大道之用也。

誤用唯物論，是違乎大道而反乎自然！充其禍害之所及，有甚於「率獸食人」！不佞所以大聲疾呼而直斥之也。

先生爲老子後人，亦太白繼者，其志於道而耽於詩也必矣！古風四章，不離乎老莊哲理，律詩卌首，不愧爲學士繼人！先生歲與不佞同庚，醫與不佞同道，雖未識荊，能不慕韓，祇以事忙，未暇賡和爲歉！謹以七絕一首奉答，工拙非所計也。詩曰：

神交千里忽來鴻，聲氣應求道亦同！學士家風能不墜，無為道在有為中。

附來書二封

擎天先生吟席：日讀《芝蘭室隨筆》，以邊孝先之腹笥、運江文通之筆花，春在堂不得專美於前矣！而論醫文字，尤為深得我心，且欣且佩！弟以隻身避難來台，亦曾以醫自給。莊子云：「逃空谷者，聞人足音，跫然而喜。」矧志同道合者耶。不揣淺陋，謹奉寄〈六十感懷〉，聊以見其志之所在。希以真實姓名相告！千里神交，永志勿忘。手此奉候，並頌

吟安　弟李同善頓首七月五日

又七月三十日來書

擎天先生有道：遙辱手教，辭翰雙美，振奮人心，當世急務，至為敬佩！鄙人年老力衰，豪興頓減，但文人結習未除耳。謹呈近作，並希郢正！耑此奉覆。並頌

履綏　弟李元頓首七月卅日

王秉直破雄尼姑之奸案

近有所謂陰陽人之生理畸形，亦有馬光喜型之男扮女裝，均屬於生理、心理的變態，科學上是有所解答的。惟明代白蓮教匪胡衡僞裝女尼而犯誘奸婦女之罪案者，則非科學所能解答也。

明萬曆時（民國前三三九年）神宗皇帝派巡按使王秉直巡按江南，地方官紳，以欽命大臣蒞臨，逢迎恐後，乃商借歸田尚書李占春之百花樓，爲王巡按駐蹕。因百花樓建於姑蘇台附近，極擅園林之勝，奇花異卉，怪石流泉，曲檻迴欄，亭榭台閣，堪爲蘇州之冠。

王巡按居此，李尚書雖歸隱林泉，但與王夙昔同在朝廷任事，舊雨重逢，應盡地主之誼。何況地方官紳一致要求，難拂眾意，亦屬義不容辭。乃命人將園中最高處之「百花樓」讓出，舖陳粉飾，務求盡美，此樓居高臨下，附近全景，可一覽無遺。

王既居此，各官紳即常來謁候，王於詢訪地方情形之後，每於公餘，即開牖賞花，酌酒賦詩，或步月乘涼，意甚閒適。有一夜，偶然開北窗憑欄縱目，見園北角有一小

樓，深宵猶亮燈光，其最高層，佈置陳設，很像繡房，而中層則懸佛像，青磬紅魚，紛列桌上，有三數女尼，往來其間，無他異狀。

惟上層見一俊美女尼，年已花信，服裝華麗，在房間擁女眷作親暱狀，上層各房，均屬俗裝婦女，該尼逐房進出，次第應酬，狀均狎褻，有甚於世俗夫婦閨房之樂，女尼周旋於眾婦女之間，如蜂蝶穿花，無一落空，通宵達旦，往來不息。王心異之，連晚先自滅燈，僞爲入睡，再從窗隙窺之，一如昔夜所見之狀，遂決意窮其內幕。

嗣於園中散步，遇花匠，詢其北角小樓，何人營業，居客是誰？花匠曰：「此爲李大人之家庵，名金光庵，有六女尼居此，其年最少，貌最美者，即眾尼之當家也，初來時，云是雲遊掛單，稍久即被眾尼舉爲主持。」詢其有無男子？曰：「大人規定甚嚴，不准男人進庵，大人及少爺，亦不往庵中走動，來庵者多屬富貴家婦女。」

王巡按聞花匠所言，益疑，默思既屬清修之地，何以服艷妝，作暱狀，且以後來之尼，年少貌美者爲主持，而婦女來此，亦非禮佛誦經，更何故而通宵達旦，留此不去，種種可疑之處，必有蹺欹。

越日，蘇州理刑廳來謁，則以此事命其密查。理刑廳奉命，即與縣官密商徹查之法。縣官曰：「此是李尚書之家庵，且不准男子往來，我輩無法窺其內幕，惟有派心腹而有機智之婦女往查耳。」理刑廳乃託縣宰秘密進行。

縣宰歸而謀諸婦，婦曰：「巡按大人所見女尼與俗家婦女狎褻之狀，顯有不可告人之情，但往查之人，必機警而令庵中人相信，始有深入內幕希望。現在我想起一人可用，她就是我兄弟妾侍，出身青樓，才貌出眾，能言善變，舍弟又是富家子，她以富家寵妾，交遊又廣，請她往查，最合理想。」

縣官曰：「既有此適合之人，就事不宜遲，請她為我們助，再好沒有。」婦曰：「這事我自曉安排。」即命輿歸寧，與弟妾密商。原來這位弟妾就是北里名花李紅杏，從良後，所往來者，均富貴人家眷屬。她聞悉此事，即遍訪與該庵女尼有認識之豪門女眷，被她得到線索，由女眷們介紹她往庵中盤桓，果然水到渠成。

因她人才出眾，手段闊綽，言語風趣，不久，就成為金光庵當家尼之對象。乃延之登最高層樓上，素筵款待，她游目四望，當中一廳，陳設華麗，四周均為繡房，錦被繡枕，撲鼻生香，艷婢數輩，往來侍候，座上女客，皆珠光寶氣，悉屬夫人小姐、美姬少婦之儔。

燕語鶯聲，花團錦簇，疑是身在迷樓，神遊月殿，殊不類清修之所。而當家尼周旋於眾女賓中，眉窺目語，善解人意，體貼入微，逢迎恐後，以紅杏爲初來嘉賓，款之上座，素筵肆設，晉以素醪，酒香四溢，紅杏出身風月叢中，綺羅隊裡，亦覺甚異，笑謂尼曰：「出家人何來此佳釀？」尼莞爾曰：「此爲百花酒，採園中百花精特製，女檀樾試之，便知好處。」

紅杏本能猜善飲，但酒過三巡，已酩酊不支，且心如鹿撞，春意躍動，腰慵肢軟，自知中了迷春酒的道兒，好在自問出身青樓，曾經滄海，並非處女身，也不希望貞節坊，既爲探案而來，且看究竟如何？佯爲醉極欲眠之態。

當家尼見紅杏沉醉，命侍婢扶進房中，橫陳榻上，覆以羅衾。旋而尼入，揭衾撫額，詢何所苦？紅杏星眸半啓，搖首不言。尼知迷春酒藥性發作，解衣登榻，刻意溫存。紅杏以爲假鳳虛凰，同性相戀，孰知一經交接，脫穎昂然，此撲朔迷離之妙尼，貌似俏佳人，實爲偉丈夫。紅杏既悉眞相，故佈疑陣。

佯爲事後酒醒，始知被奸，杏眼圓睜，怒斥之曰：「原來爾是淫僧扮尼，誘奸良家女眷，污穢佛門，該當何罪？爾能詳告其隱，予亦保全名譽，或可饒爾一次，共守秘密，否則必鳴官究治，不爾宥也。」

尼叩首曰：「請夫人息怒，願告其詳，我本蘇州閶門富家子，姓胡，名衡，父早逝世，慈母溺愛，從小扮作女裝，視同掌珠，稍長，母亦仙遊，家遂式微。誤交匪徒，從白蓮教徐鴻儒之餘黨學得邪術，能納氣縮陽，終宵御女，藉以歛財漁色。為易於親近富貴人家女眷起見，乃削髮為尼，因從小慣作女兒態，且具姿色，故人不疑。

嗣與金光庵尼眾有染，及得李尚書之寵姬垂青，被舉為此庵之當家尼，城中豪門富戶，多與李家認識，各女眷中，或來庵求子，或孀居求歡，或少女懷春，或閨人失寵，都成為我之歛財漁色對象，一經發生關係，互相嚴守秘密，且不許男子往來，外界更具信仰，不會懷疑，請夫人放心，恕其冒犯之罪！」

紅杏僞作轉嗔為喜，願訂鴛盟，鄭重叮嚀，始行告別。即往縣衙。向縣官夫婦告知內幕。縣官越日約同理刑廳謁巡按使，密稟一切。王巡按據報，立予密令縣官拘捕胡衡及各尼，押交理刑廳審辦，一干人犯，各別訊供，並傳紅杏指證，惟胡衡矢口不認為男子，經隱婆（古時之接生婦）驗過，亦不見其生殖器，案懸未結，難成信讞。後王巡按思得破其邪術之法，命人牽雌雄二狗來，殺雌狗以血和膏蜜塗胡衡私處，導雄狗以舌舐之，其陽遂突出，胡亦認供，案遂判結。判曰：

審得胡衡，本市井奸徒，為閭門敗類，倡白蓮以愚黔首，誘紅粉以溷朱顏。狡托沙門，原是採花和尚；嬌藏金屋，化為入幕觀音。抽玉筍合掌蒲團，孰信為尼為僧？脫金蓮騰身繡榻，誰知是女是男？鶴入鳳巢，儼若關雎之好；蛇探龍窟，豈無雲雨之私！明月本無心以照霜閨，而寡居不寡；狂風竟有意以入朱戶，而怨女不怨，敗俗傷風，律難寬宥！壞貞喪節，法決不容！梟其首，碎其屍，不足以蔽其辜；封其居，緝其侶，務須以滅其跡。

紀曉嵐之試帖體律詩

紀曉嵐（昀），直隸（今之河北省）河間府，獻縣人，清乾隆十九年進士，官至禮部尚書，謚文達。閎覽博聞，才情華贍，少時，已爲史文靖公劉文正公激賞。及再入詞壇，適以詞臣奏請將《永樂大典》內，人間罕覯之書，鈔錄流布。既而詔求天下遺書，開四庫館，上諭令紀昀與陸錫熊總司其事，攷異同，辨眞僞，撮著作之概要，審傳本之得失，撰爲提要，進呈御覽，乾隆帝閱而善之。其未鈔錄者，則爲存目以誌之，分繕七部，貯於文淵閣、圓明園、熱河、盛京、揚州、金山、杭州諸處，嘉惠後之學者，洵不鮮矣。又加以提要二百卷（錄目），使讀者展閱了然。蓋自《列史》、《藝文》、《經籍志》，及《七略》、《七錄》、《崇文總目》諸書以來，未有宏博精審若此者，紀編《四庫全書》之功，可稱爲中國文化之整理者！此文治之極隆，儒生之榮遇也，迨爲禮官之長，恭逢高宗（乾隆）御宇六十年，行內禪之儀（傳位於嘉慶，尊高宗爲太上皇）進冊授寶，宏規盛事，皆千古禮儀之所未備，紀率各禮官（禮部之官），參稽經訓，綜以會典，斟酌進呈，均獲俞允，次第舉行，採納紀之所擬者爲多。紀既黼黻昇平，甄綜群籍，故其應制之作，雖爲詞苑所宗，而於尋常所詠，編存者尠，茲將其試帖體之律詩摘述錄后：

西域入朝大閱禮成恭紀詩十首，錄其五

一掃欃槍大漠空，陽關萬里使車通，全收月窟歸村內，原有星弧在掌中，天馬徠時行就日，靈夔吼處響生風，懷柔控制相兼用，應識君王睿略雄。

曲宴芳園酒乍醺，將軍飛遞羽書聞，窮荒更遣蟠桃使，降表連收貝葉文，兩國名王馳贊普，同時別部走奚斤吐蕃君長之號，曰贊普。南北朝人，有名奚斤者，殷勤攜得昭華琯昭華琯，玉也，《西京雜記》：秦咸陽宮有玉莞，長二尺三寸，二十六孔，銘曰，昭華之琯，計日中朝覲聖君。

日行三百入長安，別苑層城畫裡看，宿衛舊聞唐頡利，衣冠今賜漢呼韓，多時逋寇擒狼種，幾隊高蹄付馬官，好續周書王會解，千秋勝地記田盤。

東郊南苑路回環，蕃使行隨十二閑，九奏聲中瞻御幄，萬年觴側侍天顏，燭龍珠躍雲霄外，火樹花開指顧間，真是滄溟觀日出，六鼇頂上駕三山。

朔風獵獵乍盤雕，上將持麾下紫霄，天上星辰張玉弩；軍中鼓吹應金鐃，珠游搖曳旗初展，銅埒回旋馬更調，十萬貔貅齊入伍，分明氣象認天朝。

袁子才其人其事其詩

袁子才（枚）號簡齋，錢塘人，清乾隆元年，薦舉博學鴻詞，四年，成進士，官江寧知縣，著有《小倉山房尺牘》、《袁文箋正》、《隨園詩話》、《詩學全書》、《隨園食單》、《子不語》、《隨園史論》，才華博洽，當時有南袁北紀（曉嵐）之稱。

子才少舉宏詞，旋成進士，翩以散館，出爲縣令，初在江寧，總督尹文端公（繼善）絕愛其才。既丁憂，再起，至陝西，與總督黃文襄意氣差池，上書萬餘言，不省，遂乞病歸，後不復仕。

得廢圃於江寧小倉山下，經營之爲隨園，疏泉架石，種樹營齋，釐爲二十四景，窗牖皆用五色琉璃，遊人闐集。時吳越老成凋謝，子才往來江湖，從者如市，太邱道廣，富人巨室，武夫淑媛，互相酬唱，人以其濫，子才則一視同仁。

子才又取英俊少年，著錄爲弟子，授以才調，挾之遊於諸侯，更招士女之能詩畫者，共十三人，繪爲授詩圖，燕釵蟬鬢，傍花隨柳，問業於前。子才白鬚紅鞋，流盼旁顧，悠然自得，以此索當塗題句，於是人爭慕之，所至延爲上客，適館授餐，爭相供應，子才擇其精饌，彙作食單，梓以行世。

當時名士趙甌北，嘗戲擬狀詞，作風趣之謔，有句云：「嘗一臠之甘，虎將亦稱詩伯，受一纏之贈，蛾眉都作門生。」雖屬遊戲，然謗之者，多引為話柄。相國劉石庵（鏞）蒞江寧時，聞其蕩佚，將訪而按之，子才投以二詩，公閱畢，即請相見，頓釋前嫌，其詩之得力如此。

子才三十年中，掃門納屨，泉石優游，為向來名人所未有，才華既盛，信手拈來，矜新鬥捷，不必盡遵軌範，而清靈雋妙，筆舌互用，能解人意中蘊結，名傾一時，獨訪粵名士黎二樵（簡）兩次，均拒而不見，似意有所慊。

然謝世未久，頗有違言，吳嵩梁謂其詩，人多指責，王德甫則謂：「苟汰淫哇，刪蕪雜，去纖佻，清新雋逸，自無慚於大雅矣。」此為持平之論！孫淵如（星衍，陽湖人，乾隆五十二年殿試第二人，榜眼及第）謂子才所為文，「如神道碑，墓誌銘諸文，紀事多失實」。

王德甫（昶）謂其文「豈惟失實，并有與諸人家狀多不合者，即如所撰朱文端公（軾）、岳將軍（鍾琪）、李閣學（紱）、裘文達公（曰修）諸文，皆有聲有色，然予與岳裘二家之後人，俱屬同年，穆堂先生，爲予房師（李少司空友棠之祖），且予兩至江西，見文端後裔詢之，皆云未嘗請擬，亦不曾讀其所作，蓋子才遊屐所至，偶聞名公巨卿可喜可愕之事，著有誌傳，以驚駭時人耳目，初不計及信今傳後也」。其聘才縱肆如此。

子才於嘉慶元年，自序其《詩學全書》首段云：「幽不足以動天地感鬼神，明不足以厚人倫移風俗，刪後眞無詩矣，韓退之以三代文章自任，而詩則讓李杜，蓋詩有詩之奧，詩有詩之妙，自三百篇而下，歷朝變更，體例森森，非具有宿根而讀破萬卷者莫能工，工則生巧，可以任意表情，不必拘韻，蓋拘韻不得不湊拍，既湊拍，性情安有不爲所束哉，……」其所爲詩文，初不守軌範，任意表情，逞捷鬥新，難免輕率。及其暮年，自知其疵，遂有懺悔之句云：「物須見少方爲貴，詩到能遲轉是才」，由博反約，斯有所悟矣。

茲選錄其詩於后：

永西亭夜坐五言古體

明月愛流水，一輪池上明，水亦愛明月，金波徹底清，愛水兼愛月，有客登西亭，其時萬籟寂，秋花呈微馨，荷珠不甚惜，風來一齊傾，露零螢光濕，靡響蛩語停，感此元化理，形骸付空冥，坐久並忘我，何處塵慮攖，鐘聲偶然來，起念知三更，當我起念時，天亦微雲生。

按此詩已悟「物我兩忘」之機，近於道矣。

起早五言律詩

起早殘燈在，門關落日遲，雨來蟬小歇，風到柳先知，借病常辭客，知非又改詩，蜻蜓無賴甚，飛滿藕花枝。

按此詩，大有「蘧伯玉行年五十，而知四十九年之非」之意，詩境恬澹，與少時恃才任性迴異矣。

與郭鳳池侍講秦淮話舊作七言律詩

當頭新月墜纖纖，十二年來吏隱兼，人似孤鴻雲聚散，詩如老將律精嚴，
黃梅雨久秦淮閣，紅藕花深畫舫添，料得憑欄定含睇，六朝春在水精簾。

春柳七言律詩二首

消息江南又隔年，秋千院落碧雲天，春心肯落梅花後，青眼常開寒食前，十里煙籠
村店小，一枝風壓酒旗偏，遊繮欲綰愁無力，任爾橫陳大道邊。
欲訴衷腸萬萬條，滿身香雪未全飄，新絲買得剛三月，舊雨吹來似六朝，綠影自遮
南北渡，春痕分護短長橋，五株一入先生傳，不學柔枝亂折腰。

春日雜詩七言絕句四首

千枝紅雨萬重煙，畫出詩人得意天，山上春雲如我懶，日高猶宿翠微巔。
水竹三分屋二分，滿墻薜荔古苔紋，全家雞犬分明在，世上遙看但綠雲。

清明連日雨瀟瀟，看送春痕上柳條，明月有情還約我，夜來相見杏花梢。
萋萋芳草遍春潭，深院無人綠更酣，何處一聲清磬響，斷峰西去有茅庵。

按以上律絕，均守規律，未有越軌範者。

俠盜不忘一飯恩

盜類亦多矣，竊國者，謂之大盜，莊子曰：「彼竊鈎者誅，竊國者爲諸侯……」庾信〈哀江南賦序〉曰：「大盜移國，金陵瓦解」（謂侯景之爲亂），是盜，巨型也。竊位者，具仕宦之不稱其職也，《論語》曰：「臧文仲其竊位者歟」，「疏」釋之曰：「知賢不舉，偷安於位，故曰，竊位。」苟知賢而舉之，雖盜亦可，故管仲有舉盜任職之事，而盜賢，能稱其職，舉之何傷。春秋時，齊豹身爲衛司寇，艱難其身，以險危大人，孔子書之曰「盜」，是亂臣也，故難逃春秋書法之誅。《紫陽綱目》載朱夫子書荊軻曰：「『盜』，是仿春秋書齊豹之法也，袁子才謂其『誤矣』，蓋荊軻非秦臣也，與豹之犯上者有異。等而下之：爲官之蠹國殃民，爲紳之武斷鄉曲，爲吏之魚肉良善，爲士之喪德敗行，爲商之奸儈壟斷，凡妨公害私之儔，無一而非盜也！豈獨嘯聚綠林，打家劫舍，然後稱之爲盜哉？」所以李博士（漢）遇盜詩云：

暮雨瀟瀟江上村，綠林豪客夜知聞；相逢何用藏名姓，世上而今半是君。

是詩也，罵盡當世之敗類，凡害群擾眾，損人利己者，直以盜稱之可也！賣國媚外者，賜以「奸賊」之名，誰曰不宜！

然「盜亦有道」，其懷才不遇，淪於窮途，不滿現實，恥爲弱者，迫而爲盜，而能恩怨分明，鋤強扶弱，劫富濟貧，疏財仗義，是盜而俠也！此類雖如鳳毛麟角，世所罕見，然不能謂其無也。茲篇所紀之事，是其類也。

清咸豐四年，粵之綠林豪客，每藉洪楊崛興之際，假名起義，以壯聲勢，實則乘機擄劫，出沒無常，伏莽梗途，萑苻遍地，行旅苦之，居民騷然。

時有李逢春者，爲負販，於亂未發時，常往來於江門廣州之間，擇有利可圖之貨品購沽之，以博蠅頭，而贍其家。迨其貨沽罄，再攜資詣穗垣採辦，時値寒冬，在珠江酒肆晚膳，見座隅有一偉丈夫，飲啖甚豪，食已兼金，臨去時，顧店夥曰：「適匆匆外出，忘攜飲資，越日送來可乎？」店夥不肯，譏其騙食，正爭吵間。李逢春睨偉丈夫窘甚，起同情心，乃謂店夥曰：「此客飲資忘攜，余願代出，胡可謾客耶？」店夥見李出資，遂止爭。偉丈夫向李致謝，詢李姓名里居，李告之。偉丈夫臨別向李曰：「君慷慨，丈夫不輕受人恩惠，必以報。」李曰：「戔戔者，何必介意。」李詢其姓氏，偉丈夫曰：「某姓陳，人以我滿面鬍鬚，遂以此呼我，賤名不必奉告，日後自知。」言畢，匆匆去。

李逢春與偉丈夫陳鬍子別後，即購貨運回江門，船經豬頭山，忽遇匪艇十餘艘，蜂湧而來，將船中搭客貨物，全數劫掠，疾駛「白篠江尾」登陸，將貨搬運，人則幽囚，李逢春亦在被擄者之列。

越日，匪夥提押各被擄者至聚義廳，匪首坐當中虎皮椅上，兩旁分列甲士，刀劍耀目。將被擄者分別審問，凡答話含糊者，即受鞭撻，被刑之人，呼號慘惻，聞者鼻酸。詢至李逢春，詳詰身世。

李答曰：「我爲江門人，負販爲生，尚未結婚，家有老母，賴我贍養，此次罄其資購貨回鄉，即被掠去，家貧，無以爲贖。」

匪首詢畢，將富有者另囚一室，貧而年壯者編入苦工隊，給以粗糲果腹，在匪夥監視下工作。經旬日，忽聞大王傳令至，將少壯之被擄者押解豬頭山。

匪首奉令，將李及苦工隊各人解往，匪舟抵達，山寨即派武士點收，撥交訓練處訓練，經三月，定期會操，入伍者，均列隊山上曠場，候檢閱。

旋而馬鈴聲響，各武士擁大王出，李見馬上一虯髯偉丈夫盔甲鮮明，繞曠場一匝，注視遍，旋下馬，立場中，武士即以名冊進，逐一點名，點至李逢春，凝視之，忽曰：「君非酒肆付賬之李逢春耶？」李曰：「然！今見大王，威儀異昔，不敢無禮逼視，今獲重晤，令小人喜出望外。」

偉丈夫點名畢，顧左右曰：「此余之故人也。」攜李手回寨中，盛筵款接，詳詢李一切，命人入後寨喚其女來，與李相見，告女曰：「今與李君幸會，余又了卻一重心事矣。」

李見女螓首蛾眉，而有英氣，禮畢，女回後寨。偉丈夫曰：「余祗此一女，愛同掌珠，略習武事，然女兒家，不宜久居山寨，余引以爲慮，君誠篤，可託也，遂以女妻之。」

擇日命巨舟送李與女還鄉，附以厚奩，李稟母後，與女成婚，女出資與李經商，後成巨富。迨洪楊事敗，偉丈夫不知所終。李後與女赴羊城營商業，舟經白籐江，遇群盜攔江截劫，李大恐，女曰：「有儂在，毋恐！」乃雙袖一揚，盜登舟者，目均被針刺，女叱曰：「鼠輩，豈不知女神針陳玉蘭在此耶？」盜叩首曰，原來姑姑在，冒犯該死。女盡釋之，李以後出外，必與女俱，恃其護持也。

清代滿人兩良相之詩

一代一朝之興替，繫於一得一失之措施，得人者昌，興之本也。清代以乾隆間，爲全盛時期，其時人才輩出，名宰相則滿人漢人均迭見，即以滿相而論，有尹文端（繼善）與阿文成（桂）兩公，皆良弼也。其人廉正，其詩敦厚，斯眞相國風度也。《中庸》所謂「國家將興，必有禎祥」，盛世昇平，民康物阜，賢相輔弼，功足紀也。茲分述其事略及詩於后：

一　尹文端

尹繼善，字元長，號望山，姓章佳氏，滿洲鑲黃旗人，雍正元年進士，官至文淵閣大學士，謚文端，有《文端公集》。文端歷任封疆，晚歸台閣，歷五十餘載，承先啓後，三代平章，史冊所罕覯也。文端在江南最久，慈祥愷悌，澤被閭閻，而官吏格心歛手，無敢貪瀆。及去，而漕弊漸滋，民間思而頌之。其還朝〈入覲詩〉云：「九重廑念是江鄉，蔀屋年來少蓋藏，疾苦未全登奏草，帝心早已切如傷。多年積潦閔淮徐，元氣於今尚未舒，四野蜚鴻猶滿眼，頻諮景象近何如。」愛民若赤，直以民隱具陳，寓規於頌，實有古大臣風範，性耽吟詠，積詩特多，歸道山後，畢秋帆與嚴長明選而刻之，僅什之三四爾。摘述其七言律詩於左：

寄懷忠勇公四律之四

惜春屢唱送春詞，人似浮雲任所之，白下風光常入夢，青門花柳又題詩，行來蹤跡離還合，老去情懷笑亦悲，此日齋前頻把酒，明年賓主得知誰。

高東軒東省查災甫竣又奉命來南勘河余於病中寄懷即用東軒舊韻

年來轍跡遍東南，郇雨歌傳信不慚，山左茅簷如望歲，沐陽古渡又回驂，秋深澤畔鴻皆集，路滿棠陰樹亦甘，那得揚帆登畫舫，清波皓月夜深談。

流水行雲不染塵，先憂後樂總忘身，廿年豈易成知己，千里還應似卜鄰，望月定多懷友句，隨風誰是繫舟人署中舫屋，名不繫舟，料公此日篷窗枕，夢裡猶思海上民。

按尹文端所爲詩，無不以「先憂後樂，關心民瘼」爲旨，此其所以爲良相歟！

二 阿文成

阿桂，字廣廷，號雲崖，滿洲正白旗人，乾隆三年舉人，以蔭生補大理寺丞，歷官至武英殿大學士，一等誠謀英勇公，薨贈太傅，謚文成。

文成像著紫光，功存冊府，勛名德望，固不待言，歷廿餘年，爲太平宰相，而意猶不自慊，蓋本其尊人文勤之教，嘗令其事鄂文端公（爾泰）、朱文端公（軾）、楊文定公（名時）、徐文恪公（元夢）、蔡文勤公（世遠）等，爲其指授，及與王簃林、蔣湘驅同游，意在儒林文苑，不獨以韜略爲長也。

至其功業，統兵所至，決策如神，自在西陲，即親行陣，屢著膚功。迨木果木兵潰後，五日，而復美諾，二年而掃金川，甘肅化林坪鹽茶廳回人，連年蠢動負固，皆一兩月平之。故番王悍將，率拱手聽命，悅服無閒言。其所部偏裨官至將軍提鎮者數十人，至督撫者亦十餘人。

及入內閣，愛才好士，見官屬，必教以愼符名節，毋營競。見外吏，必戒以廉潔自持，毋貪黷。自奉廉儉，所居不求華美，所食不肯豐盛，無園林聲色之樂。

及其逝也，天下識與不識，皆嗟嘆惜悼。追思其往績：文成初從軍於北路，及平伊犁，收回部，拓地二萬餘里，上欲置兵屯候尉，益壯西北屏藩，同事諸大臣，未肯肩其任。文成獨奏請從容建置浚河渠，集農功，立驛傳，築城積穀，商旅交集，不十年而脫甌變爲都會，自嘉峪關西，天山以北，直接科布多、烏里雅蘇台，與喀爾喀諸旗相接，而葱嶺以南，直抵葉爾羌，行者如適坦途。如哈薩克布魯特，及北部強悍之俄羅斯，亦恪恭震懾，邊安如堵。文成逝後，伊犁保將軍，徇眾請，建專祠，隨蒙俞允，蓋深知其遺愛在民也。文成每作必焚其稿，世所存而知者殊鮮，今述其詩於后：

蘭泉比部初度五言律詩

瘴地三年客，軍中百戰身，傳經崇世講（蘭泉鄉試座主，夢文子少司農，會試座主，錢稼軒少司寇，及房師李西華少司空，皆先文勤乙丑所取士），

借箸重嘉賓，白髮歸還未，青鐙聚正頻，初辰一巵酒，海放近陽春。

話舊贈錢沖齋觀察五言律詩二首

憶昔承師範，蕭齋只兩人，始從親研削，直至命冠巾，經歷風波險，甘同蔬水貧，

十年情意重，愛我比祥麟。余幼隨沖齋尊人元朗先生受業

人海藏身久，翛然物外情，會心耽易理，厭俗避詩名，貧賤長如素，文章莫與京，

誰知繼起者，尚有父風清。先生秉節高介，淡于天酬接，晚年好易，時有心得，詩工，而不以詩自名

按尹、阿二相，同是滿人，而皆能詩，且又先後同作太平宰相，廉正渾厚，亦無不

同，論功業，則阿更赫奕，其治學亦勤，洵良相也！

說三生

三生之說，本佛家語，三生者，三世也，即「過去，現在，未來」之謂。佛經有「三世諸佛」：過去佛，爲迦葉諸佛；現在佛，爲釋迦牟尼佛；未來佛，爲彌勒諸佛。佛家有輪迴之說，所謂「三生」者，即三世轉生之意。

《傳燈錄》載：「有一少年郎，夢至碧岩下一老僧前，見煙穗極微，僧云：此是檀越結願，香煙存，而檀越已三生矣。」白居易詩有句云：「世說三生如不謬，共疑巢許是前身。」（巢父、許由）

浙江杭縣下天竺寺後山，有「三生石」，相傳唐李源與圓澤友善，圓澤將亡，彌留時，與李源約，十二年後，在杭州相見，源後詣餘杭赴約，有牧童歌曰：

三生石上舊精魂，賞月吟風不要論，慚愧情人遠相訪，此身雖異性長存。

此三生石之故事也。（見《甘澤謠》記此事）

《詩經》〈大雅〉有「維嶽降神，生甫及申」之句（申，指申伯，甫即呂侯）。《莊子》亦有「傅說乘東維，騎箕尾，而比於列星」之說（傅說，爲殷高宗武丁之良相，「說」字音悅）。所以蘇軾撰潮州韓文公廟碑文內，亦引述此二事，有句云：「故申呂自嶽降，傅說爲列星，古今所傳，不可誣也。」則三生之說，儒家亦不諱言。

茲分述唐之白居易、宋之馮京，異事兩則於后：

一　白居易

白居易，字樂天，太原人，唐，元和年間進士，遷左拾遺，貶江州司馬（〈琵琶行〉，是被貶時所作）。後召還，官至刑部尚書。晚年放意詩酒，號醉吟先生。居香山，又稱香山居士。以名宦，詩人，宗儒學而性耽禪悅，通佛典。其所爲詩，深厚清麗，而平易通俗，老嫗都能解，士林爭傳之。雞林賈人售白詩於其國相，每篇易一金。

白與浙東觀察使李師稷交厚，李據浙東，航海商人報稱：

商人偕眾客乘船出海，遇颶風，飄流萬里，月餘，纔至一島嶼，島上奇花怪石，瑞雪景雲，迴異人間，見島中來一人，詢商等何來，商答以遇風飄流至此。島人曰：「既如此，可隨余見天師，繫船島旁，以待君歸。」眾客不敢往，商從之，島人領商至一巍峨寺院，雕樑畫棟，庭院清靜，白鶴青松，鳥語花香，景絕幽美，登大殿，見中坐老道，鬢髮如銀。神采奕奕，傍侍弟子數十眾，商禮畢，老道曰：「你爲中土人，來此算有緣，此地蓬萊仙境也。」命弟子導其一遊，瓊樓玉宇，目不暇給。

每至一處，各具一景，園林池沼，曲徑橫欄，相間繞室，珍禽奇卉，芳草幽蘭，鶴立青松，猿嬉白石，古木參天，篁風競爽，彩雲嵐氣，倏變百態，複水流泉，聲韻千調，人到此中，心曠神怡，俗累全消，塵襟盡滌，所謂迴異人間，幾疑仙闕，此景庶乎近之。

商人從之遍遊，已歷數十處，飽看數十景，都是光彩耀目，芬芳馥郁，每室有主，門均洞開，縱過門不入，亦見玉宇生輝，每院皆有名號。獨有一院，閉門冷靜，無人主持，從門隙窺之，內庭滿植奇葩，堂上中虛一座，錦裀繡褥，陳設齊備，只闃然無人。異而詢導游之弟子，彼答曰：「此是白樂天前生所駐之院，樂天現在中土未回，故虛此室，以待其歸（時樂天已官至侍郎）。」商人心知此是白侍郎之前修地，默誌之。後辭別老道，回船返國，即舉所見，報諸地方有司。

李師稷觀察使，與樂天友善，據報後，即轉達白樂天。樂天時已研佛典，修大乘法，不時與道家緇流論道，得李觀察使手書，乃以七絕書二首答李。詩曰：

近有人從海上回，海山深處見樓台，中有仙童開一室，皆言此待樂天來。

吾學空門不學仙，恐君此語屬虛傳，海山不是吾歸處，歸即應歸兜率天。

二 馮京

馮京，字當世，江夏人，宋，舉進士，自鄉試至廷對，俱第一，後拜翰林學士，知開封府，韓琦爲相數月，不一見之，琦謂其傲，以言富弼，弼使往見，京謂琦曰：「公爲宰相，而京不妄詣公者，乃所以重公也，豈曰傲哉？」馮京論王安石爲政更張，被謫，後以太子少師致仕，謚文簡。其不阿正直，有如此者。

馮京之父馮式，爲一樂善好施之長者，其夫人於分娩前，倦而思寐，夢見一金身羅漢降庭，旋而產子，異香滿室，馮式心知佳兆，且覘其後。馮京髫齡，聰敏異常，過目成誦，其母偶閱經典，伊便合什侍側，將佛經默記。越日，母忘經中所載，詢之，伊便朗誦稟告，不遺一字。年未二十，連中三元，出任知府，愛民善政，口碑載道，後歸台閣，平章國政，積勞成疾。

於是請假調養，在府第後園，另闢一齋，謝見賓客，避免煩囂，寢管絃之聲，摒房幃之樂，園齋養韜，內外隔絕，澄心滌慮，吐納調息，焚香閱經，收其放心，病果瘳，益勤脩持。

一日在齋習靜，朦朧間，似夢非夢，忽有青衣使進齋告馮曰：「公病初痊，宜外遊，以舒胸臆，車已備矣。」馮諾之，隨使出，見齋外有羊車一乘，青衣使扶馮登車，執轡揮鞭，徐徐而動，倏而升高飛馳，馮穩坐車中，不感顛簸，瞬即飛越京城，俯瞰城郭，依稀可見，繼則下臨無地，只覺足下騰雲，耳邊生風。

俄頃之間，飆馳千里，降下之處，平生罕見，縱目四顧，山林環繞，青衣使導至一處，洞天福地，別有境界，洞額「金光」二字，斗大篆文，筆法蒼古，洞門緊閉，使者敲之，豁然洞開，突躍出一巨獸，藍睛閃爍，彩毛斑斕，張尾如扇，踏蹄震地，正惶駭間，後面跟來一胡僧，向馮施禮，曰：「公毋恐，此家畜，來迎公也。」

肅馮進洞，對坐獻茗，僧曰：「公本鄰居，且屬同氣，胡善忘耶？」馮苦憶，不解所語，反詰僧曰：「素昧生平，何處爲鄰，得無誤乎？」僧笑起，攜馮手，引至另一洞府，洞額「玉虛」二字，作科斗文，既進內，見塵封石徑，苔侵玉階，入室，寂然無人，經櫥虛掩，鑪燼香消，馮疑而詢僧曰：「何此室無人主理？」僧曰：「主人未歸，童居後院，可問之。」

至後院，見一小沙彌踞禪榻閱經，聞客至，掩經卷，趨馮前稽首，垂手侍側，馮詢之，童曰：「洞主玉虛尊者，遊戲人間，已五十年，待三十年後，當歸洞矣。」馮再問此洞主現在人間作何狀？僧曰：「不必多問，後當自知，此處有一樓台，目窮千里，可觀一切。」乃導馮登樓。

馮見碧瓦上覆，金獸斜蹲，飾異寶於虛簷，纏玉龍於金棟，萬軸仙書，堆積架上，馮正欲取書一覽，僧曰：「此何所在？」僧嘆曰：「公別未久，竟忘之矣！」

馮曰：「實無所知。」僧曰：「此公昔常游之雙摩訶池也，一染紅塵，性靈竟蔽，公原是玉虛洞主。今引來一晤，使證前因，三十年後，便當歸位。」乃遙指馮之齋中，放佛光一圈，請馮從圈中望去，則見己身正在齋中瞑目作習靜狀。僧以手拍馮頂喝曰：

「此是何人？還不回頭！」馮頓悟，則身仍在榻中，僧已不見，乃從此潛修，再經三十年，口占一偈，曰：

玉虛洞裡本前身，一夢回頭八十春，要識古今賢達者，問誰不是再來人？

沈歸愚題岳鄂王墓之詩

沈德潛，字確士，號歸愚，長洲人，乾隆元年，薦舉博學鴻詞，四年成進士，官至禮部侍郎，於告歸，加尚書銜，贈太子太師，謚文愨，著有《竹嘯軒詩鈔》，《歸愚詩鈔》。

歸愚潦倒名場，晚登科第，應西林桐城之薦，即蒙主眷，不數年洊貳春卿，卿雲復旦之歌，卷阿矢音之什，賡颺稠疊，往昔所無，繼以年近八旬，陳情歸老，帝賜詩以寵其行，有句云：「清時老名士，吳下舊詩人」，及「玉皇案吏今仙客，天子門生是故人」，其嘉奬之如此。

歸愚少從學於吳江葉星期（燮），葉居橫山，故阮亭尚書云「橫山門下，尚有詩人」。歸愚治學，獨綜今古，無藉而成，本源漢魏，效法盛唐，先宗老杜，次及昌黎、義山、東坡、遺山，下至青邱、崆峒、大復、臥子、阮亭，皆能兼綜條貫。

嘗自進其全集，御製敘言，以高王爲比，誠定論也！所選別裁諸集，滙千古之風騷，聚一時之精髓，年至九十八而終，蓋得於天者厚矣。其題岳鄂王墓（岳飛，宋相州湯陰人，字鵬舉，初以敢戰士應募，起於行伍，隸宗澤部下，與金人戰，所向皆捷，宋高宗刺「精忠岳飛」四字於旗以賜之，遂破劉豫，平楊么，累官至太尉，加少保，爲河南北洛招討使，大破金兵，進至朱仙鎭，時秦檜力主和議，欲盡棄淮北之地以媚金，一日降十二金字牌召飛還，旋以「莫須有」三字誣以罪而死之於獄，卒年三十九，宋孝宗時，追封鄂王，謚武穆，後改謚忠武，今浙江杭縣西湖有岳王墳）。詩曰：

今古含冤地，孤臣舊死忠，已成三字獄，竟廢十年功，匡復憑諸將，沉淪念故宮，
六陵殘毀後，泉壤泣英雄。

大將迴戈日，中原陷敵時，朝廷輸幣帛，父老望威儀，天意竟如此，神靈儼在茲，
千秋見孤憤，認取向南枝。

筆者書至此，憶昔亦有〈題岳鄂王墓詩〉，附錄於后：

大將星芒落，沉冤向此中，十年勞戰伐，三字痛英雄，復見神州陷，虛期漠北空，

錢唐司馬在，相對泣孤忠。

近聞有孫立人涉嫌受訊之事，震駭中外，群情惶然！咸望當局處理此事，愼重持正，使「莫須有」三字冤獄，不復見於今日，毋自毀長城！尤望將案中是非虛實，大白於天下，以正視聽，而安人心，企予望之！

答鄔孟芝先生

辱惠書，云「對《芝蘭室隨筆》，當作自修之課……因環境所迫，輟學，涉足商場，以謀升斗，工餘之暇，惟溫習醫學暨詩文，常與文友吟詠爲樂，奈鍊字方面，未臻化境，引以爲憾！將所作律詩呈上，希爲指正！貴報徵聯，內有二聯，如『析骸慟黎庶，勞終歲共養公田』。又『揮戈清妖孽，拯群眾共出生天』，其中平仄，略有一字不符者，未悉是否拗聲？……」承注足感！

足下方當少壯，已從事商業，猶對於向所學之醫學詩文，不肯拋棄，溫故知新，孜孜不倦，足見好學之勤，佩甚！承錄示〈挽江太史孔殷〉，及〈步桂太史南屏原韻〉各詩，允稱工穩！中有一、二字待斟酌者，當另函奉覆。

至關於鍊字拗字問題，則以「論字法」奉告：

袁簡齋謂「詩句中之字有眼，謂之詩眼，猶奕之有眼也，詩思玲瓏則詩眼活，奕手玲瓏則奕眼活，所謂眼者，指玲瓏處言之也，學詩者，當於古人玲瓏處得眼，不可於古人眼中尋玲瓏，若穿鑿一二字，指爲古人之詩眼，此乃死眼，非活眼也」，從來論詩眼者，五言以第三字爲眼，七言以第五字爲眼，詩眼用「實」字，自然老健，用「響」字，自然閎亮，用「拗」字，自然森挺。詩中句法：有用兩實字落腳者，有用單實字落腳者，有用虛字起頭者（即虛接法），有用實字起頭者（即實接法），有用活字者，有用健字者，詩之鍊字，如傳神之點睛，一身靈動，在於兩眸，一句精彩，生於一字，或鍊第二字，或鍊第三字，或鍊第五字，或鍊第二與第五字，或鍊第七字。葛常之曰：「作詩在於鍊字」，如杜甫之「紅入桃花嫩，寄歸柳葉新」，是鍊第二字，「飛星過水白，落月動簷虛」是鍊第三字，「地坼江帆隱，天清木葉聞」是鍊第五字。實則詩家固不能廢鍊字法，但以鍊骨鍊氣爲上，鍊句次之；鍊字，斯末矣。中唐晚唐，始以鍊字爲工，所謂「推敲」是也。本報所選之四十一聯，祇有極少數「拗」字（長聯拗一二字不妨），如君所舉出之二聯，「黎」字，「妖」字，是也，但取其意之佳，而能代遺民鳴冤苦，求伸雪，所用「黎庶」，「妖孽」，語亦渾成，一氣相貫，拗一字，庸何傷！獨惜尚有許多佳卷，因名額所限，不能盡選，不免有滄海遺珠之憾耳！擎天敬覆。

唐名宰相李德裕項王亭賦

唐名宰相李德裕，贊皇人，李吉甫之子，少力學，卓犖有大節。唐敬宗時，爲浙西觀察使，因帝狎近群小，數出游幸，德裕上「丹扆六箴」。文宗嗣位，裴度薦其材堪宰相，而李宗閔、牛僧孺等深恨之，擯不得進。武宗時，由淮南節度入相，當國六年，藩鎮之亂漸清，決策制勝，威權獨重，進太尉，封衛國公。宣宗立，爲忌者所搆，貶崖州司戶，卒，所著有《會昌一品集》。

德裕文章道德，韜略經綸，允稱良弼。及登樞衡，作霖雨，尊王室，撫諸侯，圖蔡料齊，外定內理，顯王言於典誥，彰帝範於圖籍，紀在徽冊，播諸聲詩。每彤墀奏罷，別承天睠，帝亦講求伊訓說命之旨，定元首股肱之契，以太平之制度，上古之文教，咸屬於德裕焉。

德裕於息駕烏江時，登項王亭（項王亭，是後人紀念楚霸王項羽也，在今安徽省和縣東北四十里，地名烏江浦，史稱項羽兵敗，欲東渡烏江，不果，自刎死）憑弔往蹟，感而作賦。賦錄后：

項王亭賦幷序

丙辰歲孟夏，余息駕烏江，晨登荒亭，曠然遠覽，因睹太尉清河公刻石，美項氏之材，歎其屈於天命，且曰，漢祖困阨之時，生計非蕭張所出，余以為不然矣，自古聰明神武之主，未嘗不應天順人，以定大業，項氏縱火咸陽，失秦中之固，遷主炎裔，傷義士之心，違天違人，霸業隳矣，漢皆反是，故能成功，據秦遺業，東制區隔而障蔽於外，當有關中，為舊主縞素，以義動天下，雖項氏猶存，而王業基矣，若乃蠖屈鴻門，龍潛天漢，始降志於一人，終申威於四海，則蕭張之計，不亦遠乎，余嘗論之，漢祖猶龍，項王如虎，龍雖困而其變不測，虎雖雄而其力易摧，一神一鷙，宜乎敻絕，然艤舟不渡，留騅報德，亦可謂知命矣，自湯武以干戈創業，後之英雄，莫高項氏，感其伏劍此地，因作賦以弔之：

登彼高原，徘徊始曙，尚識艤舟之崖，焉知繫馬之樹，望牛渚以悵然，歎烏江之不渡，想山川之未改，嗟斯人之何遽，思項氏之入關，按奏圖而割據，恃八千之剽疾，棄百二之險固，咸陽不留，王業已去，將衣錦於舊國，遂揚旌而東顧，雖未至於陰陵，誰不知其失路，恥沐猴之醜詆，乃烹韓而洩怒，謂天命之可欺，何霸王之不寤，嗟乎，楚聲既合，漢圍已布，歌既闋而甚悲，酒盈樽而不御。當其盛也，天下侯伯，自我而宰制，及其衰也，帳中美人，寄命而無處。季數遁而不亡，羽一敗而終仆，豈非獨任於威力，不由於智慮，追昔四隤之下，風煙將暮，大咤雷奮，重瞳電注，叱漢千騎，如獵狐兔，謝亭長而依然，愧父兄兮不渡，既伏劍而已矣，彼群帥兮猶懼，雖霸業之無成，亦終古而獨步，周視陳跡，緬然如素，聽喬木之悲風，感高秋之零露，因獻弔於茲亭，庶神靈之可遇。

答客問韓愈其人其文其詩

客有以韓愈其人其文其詩爲問者，茲擇要以奉告：

一　韓愈事略

韓愈，字退之，先世自後魏時居昌黎，遂爲昌黎人，父仲卿，生三子，長會，次介，愈，是第三子也。愈生於代宗大曆三年，三歲而孤，嫂鄭氏鞠之，至十二歲隨兄會居韶嶺，年十九，始至京師，已通六經百家學，年二十五，登進士第（時唐德宗貞元八年）。董晉爲宣武節度使，署觀察推官，晉卒，徐州節度使張建封辟爲府推官，調四門博士，遷監察御史，上疏極論宮市，德宗怒，貶陽山令（貞元十九年）。後改江陵法曹參軍（順宗永貞元年）。元和初，復爲博士（憲宗元和元年）時年三十九，分司東都，累遷職方員外郎。坐是，復爲博士。才高數黜，官又下遷，作〈進學解〉以自解。執政奇其才，改比部郎中，累遷中書舍人。憲宗將平淮西，命宰相裴度往宣慰，度奏調愈爲行軍司馬，愈請乘遽先入汴說韓弘，使協力。淮西平，遷刑部侍郎。憲宗迎佛骨入禁中，愈上表力諫，貶潮州刺史。尋改袁州。召拜國子祭酒，轉兵部侍郎。鎮州亂，殺田弘正而立王廷湊，詔愈宣撫。歸，轉吏部侍郎。長慶四年，卒，年五十七歲。贈禮部尚書，謚曰文。愈性明銳，不詭隨。與人交，終始不稍變。成就後進之士，往往知名。當時文章承六朝之後，尚駢儷，病纖弱，愈以六經之文為倡，粹然出於正，成一家言。愈歿，門人隴西李漢輯其文為四十一卷，題為《昌黎先生集》，傳於世。

二　韓愈文評

人之稱韓文者不一，李漢曰：「先生於文，摧陷廓清之功，比於武事，可為雄偉不常者矣！」

宋景文曰：「韓吏部卓然不丏於古，而一出諸己。」

蘇明允曰：「韓子之文，如長江大河，渾浩流轉，魚黿蛟龍，萬怪遑惑，而抑絕蔽掩，不使自露。」

秦少游曰：「鈎莊列之微，挾蘇張之辯，摭遷固之實，獵屈宋之英，本之以詩書，折之以孔氏，此成體之文，如韓愈之所作是也。」

蘇子瞻曰：「文起八代之衰，道濟天下之溺。」

大都對於韓文，備致推崇。要之愈復起古文之功，自不可掩，然其文承駢儷之後，字句仍多難於索解者，蓋猶未能純返乎古也。

朱晦庵曰：「漢末以後，只做屬對文學，直至後來只管弱；至韓文公出來，盡掃去了，方做成古文，然亦只做得未屬對合偶以前體格，其文亦變不盡。」斯言甚爲平允！

愈因處境困阨，其文常爲金錢所驅使，故多與事實不符者，如韓弘神道碑，所言與史正相反，殿中少監馬繼祖，僅一紈迫兒，愈亦爲之作傳，難免爲世所訾。劉乂持愈金數斤去，曰：「此諛墓中人得耳，不若與劉君爲壽。」愈不能止也。

雖然，就文論文，愈在唐宋八大家中，洵當首屈一指，此則人所公認，而不容持異議者。其雜著諸篇，多類諸子；與人書，因人而施，贈送序，隨事變化，尤其絕技。各類文皆有特長，用字、造句、構局，篇各不同。就性質言，如〈原道〉、〈與孟尚書書〉、〈論佛骨表〉，爲闢佛之作。〈答李翊書〉、〈與馮宿論文書〉，爲論文；〈送孟東野序〉，爲論道德；〈送李愿歸盤谷序〉，爲憤時疾俗；〈藍田縣丞廳壁記〉，爲諧謔；〈毛穎傳〉，爲寓言；〈張中丞傳後敘〉，爲傳後補遺。又有出於摹倣者，如〈進學解〉，係倣東方朔〈答客難〉及揚雄〈解嘲〉；〈送窮文〉，係倣揚雄〈逐貧〉。綜論《昌黎全集》，大率以雄奇勝；而〈畫記〉又極生峭，〈平淮西碑〉又極莊嚴典重，〈送董邵南序〉、〈送王秀才序〉又極深微曲折，〈原道〉、〈原性〉又極沉實樸老，〈祭鄭夫人文〉、〈祭十二郎文〉又極悲哀激楚。至若銘誌之文，本以敘事及褒美為主，然亦各篇互異；專敘一事者，如〈贈司勳員外郎〉、〈孔君墓誌〉、〈清河張君墓誌〉；兼寓褒貶者，如〈柳子厚墓誌銘〉；只敘經歷，一無褒貶者，如〈李元賓墓銘〉；每篇各有意境，各有結構，絕不信手揮灑，可謂無調不變，無格不奇，無美不備！

林琴南（紓）謂：「昌黎下筆之先，必唾棄無數不應言與言之似是而非者，則神志已空定如山嶽，然後隨其所出，移步換形，只在此山中，而幽窈曲折，使入者迷惘，而按之實理，又在在具有主腦，用正眼藏施其神通以怖人，人又安從識者！」是誠能窺韓文之奧者矣！

韓愈才如淵海，文亦不泥一法，故其蹊徑，每難探索，學之者，能澄心靜氣，熟讀深思，則一切藩籬之障礙，流滑之口吻，皆可掃除淨盡矣。

韓文約可分爲十類：（一）雜著，如〈原道〉、〈原性〉、〈原毀〉、〈對禹問〉、〈雜說〉、〈讀儀禮〉、〈獲麟解〉、〈師說〉、〈進學解〉、〈五箴〉、〈諱辯〉、〈訟風伯〉、〈張中丞傳後敘〉等篇是也。（二）頌贊，如〈伯夷頌〉、〈子產不毀鄉校頌〉、〈後漢三賢贊〉等篇是也。（三）傳記，如〈圬者王承福傳〉、〈燕喜亭記〉、〈畫記〉、〈藍田縣丞廳壁記〉等篇是也。（四）書類，如〈與孟東野書〉、〈答竇秀才書〉、〈答尉遲生書〉、〈答崔立之書〉、〈答李翊書〉、〈與崔群書〉、〈與于襄陽書〉、〈與陳給事書〉、〈與馮宿論文書〉、〈應科目時與人書〉、〈上宰相書〉、〈答劉正夫書〉、〈答陳商書〉、〈與孟尚書書〉、〈答呂醫山人書〉、〈與鄂州柳中丞書〉等篇是也。（五）序類，如〈送孟東野序〉、〈送竇從事序〉、〈送李愿歸盤谷序〉、〈送董邵南序〉、〈贈崔復州序〉、〈送廖道士序〉、〈送王秀才序〉、〈送幽州李端公序〉、〈送區冊序〉、〈送高閑上人序〉、〈送楊少尹序〉、〈送溫處士赴河陽草序〉、〈送鄭尚書序〉等篇是也。（六）哀辭祭文，如〈歐陽生哀辭〉、〈獨孤申叔哀辭〉、〈祭田橫墓文〉、〈祭郴州李使君文〉、〈祭河南張員外文〉、〈祭柳子厚文〉、〈祭侯主簿文〉、〈祭鄭夫人文〉、〈祭十二郎文〉、〈祭鱷魚文〉、〈潮州祭神文〉等篇是也。（七）碑文類，如〈平淮西碑〉、〈南海神廟碑〉、〈柳州羅池廟碑〉等篇是也。（八）墓誌，如〈李元賓墓銘〉、〈唐朝散大夫贈司勳員外郎孔君墓誌銘〉、〈司徒兼侍中中書令贈太尉許國公神道碑銘〉、〈試大理評事王君墓誌銘〉、〈柳子厚墓誌銘〉、〈唐故朝散大夫尚書庫部郎中鄭君墓誌銘〉、〈殿中少監馬君墓銘〉、〈故幽州節度判官贈給事中清河張君墓誌銘〉等篇是也。（九）雜文，如〈毛穎傳〉、〈送窮文〉等篇是也。（十）表狀，如〈論佛骨表〉、〈復讎狀〉、〈與汝州盧郎中論薦侯喜狀〉等篇是也。

但縱屬同一類之文，其筆法亦篇各不同，變化極多，熟讀之，可悟無數法門。其根源於六經，融會乎子史，含英咀華，卓然成一家言，則世之所知也。惟有時主觀太強，理論過激，縱筆所至，情難自已，則歷代文人，每犯此病，又豈獨韓文爲然哉。〈原道〉，爲韓文之代表作品，而其中過激之論，如「民不出粟米麻絲作器皿通貨財以事其上，則誅」，卻與孟子「民爲貴，社稷次之，君爲輕」之旨相反。夫韓愈以繼承孔孟道統自許，竟爲此相反之言，謂非過激而何？君如賢明，民未有不出其貨財以事其上也；苟屬暴君如桀紂者，民當以獨夫視之矣，故孟子有「聞誅一獨夫紂矣，未聞弑君也」，設如愈所言，則暴君之殘民以逞者，因民不竭其力以事之而論誅，將視爲天經地義矣，烏乎可？余嘗謂韓文之雄奇變化可學，而其中之偏激理論則未盡足爲後世法也。

三　韓愈詩評

《唐宋詩醇》云：「韓愈文起八代之衰，而其詩亦卓絕千古，論者常以文掩其詩，甚或謂於詩本無解處。夫唐人以詩名家者多，以文名家者少，謂韓文重於韓詩可也，直斥其詩爲不工，則群兒之愚也。大抵議韓詩者謂詩自有體，此押韻之文格不近詩；又豪放有餘，深婉不足，常苦意與語俱盡。蓋自劉攽，沈括時有異同，而黃魯直，陳師道輩遂群相訾書。歷宋元明異論間出，此實昧於昌黎得力之所在，未嘗沿波以討其源，則眞不辨詩體者也。」

又言：「夫六義肇興，體裁斯別，言簡而意賅，節短而韻長，含吐抑揚，雖重複其詞，而彌有不盡之味，此風人之旨也。至於二雅三頌，鋪陳終始，竭情盡致，義存乎揚厲而不病其夸，情迫於呼號而不嫌其激，其爲體迥異於風，非特詞有繁簡，其意之顯隱固殊焉。千古以來，寧有以少含蓄爲雅頌之病者乎？然則唐詩如王孟一派源出於風，而愈則本之雅頌以大暢厥辭者也。」

其生平論詩，專主李杜，而於治水之航，磨天之刃，慷慨追慕，誠欲效其震蕩乾坤，陵暴萬類，而後得盡吐其奇傑之氣。其視清微淡遠，雅詠溫恭，殊不足以盡吾才，然偶一爲之，餘力亦足以相及，如〈琴操〉及〈南溪〉諸作俱在，特性所不近，不多作耳。而仰攻者，顧執多少之數以判優絀之數乎？擬桃源爲樂土而輒謂洪河太華之駭人，求仙佛之玄虛而反以聖賢經天緯地爲多事，此其說固不待智者而決也。

試取韓詩讀之，其「壯浪縱恣，擺脫拘束」誠不減於李白，其「渾涵汪茫，千彙萬狀」誠不減於杜甫，而風骨峻嶒，腕力矯變，得李杜之神而不襲其貌，則又拔奇於二子之外而自成一家，夫詩至足與李杜鼎立，而論定猶有待於千載之後，甚矣，詩道之難言也！然元稹固嘗推杜而抑李，歐陽修又主退之，不主子美，李杜已然，在愈故應不免，彼自鳴自息者，又烏足與深辯哉？

上述引文，犖犖大觀，故《唐宋詩醇》所錄韓詩者，什之八爲古詩，什之二爲律詩者，蓋韓詩偏以古體勝，斯則爲定論也。若夫集外遺詩，如嘲鼾睡、辭唱歌，淺俚醜惡，假託無疑，則應刪削，而不容以此疵前賢也。

穆修曰：「退之元和聖德詩（有序），淮西碑、柳雅章之類，皆辭嚴義偉，制作如經，能崒然聳唐德於盛漢之表。」

《筆墨閒錄》曰：「其序，乃司馬遷之文，非相如文也。」

《滄浪詩話》曰：「韓退之琴操高古，正是本色，非唐賢所及。」

沈德潛曰：「琴操諸篇，深婉忠厚，得風雅之正。」

以上各評，均屬至論！則韓詩自有其風格，而非膚淺者所能領略也。

記者節獻詩

孔子作《春秋》，而亂臣賊子懼；董狐書晉史，而後世稱其直筆；斯僅屬於批評朝政之隆污，與夫仕宦之忠佞，猶未能深入於各階層也，至後漢許劭，與其從兄許靖，好共覈論鄉黨人物，每月輒更其品題，故汝南俗稱之爲「月旦評」（見《後漢書》〈許劭傳〉），是品題鄉黨之人物耳，斯狹義也。後雖有朝報、郵報、官報之類，亦屬具體而微，只供士大夫之披覽，而非一般人民所能閱讀者。

自近世報章風行，巨細不遺，遐邇普及，舉凡世界大事、國際情形、朝野人物、社會狀況、各階層之動態、多方面之現實，博訪周諮，分門別類，向群衆詳爲報導，廣事宣傳，人手一篇，不出戶庭，而能知天下事者，則新聞之效用宏而記者之責任重矣！

惟其宏且重也，則國家之興替、政教之得失、風俗之良窳、人心之向背、理論之正邪、事實之眞僞，無一不在記者筆端下發生重大之作用。輾轉相傳，空間則普達世界，時間則遠垂後代，如其當也，足有利於人群；如其訛也，足貽害於士類；其關係之深且大也如此。

值此天下泯棼，神州多難，主義對立，邪說紛乘，國勢艱虞，人心惶惑，是丹非素，伐異黨同，或造謠以欺騙，或利誘而爭取，或威脅而恫嚇，或醜詆而誣衊，光怪陸離，目迷五色。記者首當其衝，左右受敵，進退兩難，如履荊棘之叢，如臨鬼魅之域，偶爾不慎，便體無完膚，誤信蜚言，便墮其陷阱，處境之惡，無時不在危疑震撼之中。記者責任之重，關係之大，處境之惡，非身歷者莫由知之，今天爲「記者節」，筆者對此隆重之紀念日，情興奮而心警惕，行其道而勵其志，珍視其業務，敬愛我同群（記者群），謹以詩獻。詩曰：

無冕帝皇善用兵，安排筆陣作長城。義巖褒貶春秋法，人辨貞邪月旦評；
箴俗立言垂百世，移風示範賴群英；蒼生久苦陰霾蔽，仗發迅雷萬籟鳴。

明大儒歸有光爲貞婦辨冤故事

歸有光，字熙甫，崑山人，明嘉靖進士，官至南京太僕丞，嘗居嘉定安亭江上，讀書講學，學者稱爲震川先生，工古文，本於經術，法度謹嚴，爲明代大儒。其居安亭時，聞當地張氏貞婦被誣奸慘死，縣官徇情沉冤案，爲之秉筆作「貞婦辨」，策動地方縉紳與人民公憤，案遂平反，置奸徒淫姑於法，此事記在歸震川所寫《張氏女子神異記》集中。茲撮要紀之於左：

明朝嘉靖年間，蘇州府，嘉定縣，安亭鎭地方，有烈女張氏，父名耀，母金氏，張氏素性貞靜，舉止凝重，不苟言笑，年十六，父母爲之擇配。時適有嘉興人汪姓者，僑居安亭，人皆稱之爲汪客，汪妻某氏，祇生一子，汪妻是一淫蕩濫交婦人，從少時在娘家已不端，迨嫁汪客，倚門賣俏，又勾引一班狂且爲新交，年屆半老徐娘，子亦十九歲，故態仍不改。汪客是一糊塗酒徒，黃湯入腹，諸事不管，任鎭中諸惡少常川往來，恬不爲怪，汪妻又潑悍非常，家中各事，不許汪客過問，書所謂「牝雞司晨，惟家之索」者也。

其時欲與兒子議親，汪客與婦商，汪婦曰：「聞人傳說張耀之女標緻，可為兒配偶。」汪客唯唯，乃遣媒往說親，媒人鼓其如簧之舌，在張家說得汪子如何聰明，汪妻如何賢淑，汪客如何富厚，天花亂墜，張耀輕信媒言，不細探聽，遂許之，從此將女陷於人間地獄矣。

越三載，汪家擇吉迎娶，汪妻即延請諸惡少勷辦喜事，鋪張熱鬧，自不必說。張女入門後，依禮參拜翁姑，汪妻即令其遍拜諸客（惡少），張女不知其是何關係，非親非戚，而諸客在婆婆（家姑）房內出入無禁，一到晚間，即群集房中張燈飲酒，與婆婆調笑取樂，全無忌憚，公公（家翁）終日沉湎於杯中物，一任汪妻胡為，孰視無睹，常在醉鄉。汪子亦不陪客，汪妻周旋於諸男子間，通宵達旦。

一夜，張氏女私語其夫（汪子）曰：「這班人，與汪家有何關係？」汪子曰：「都是父親友好，通家往來已久。」張氏曰：「既為汝父之友，如何在汝娘房中，終日醉飲，幹此不知廉恥的事，豈不被人議論？」汪子曰：「毋要如此，只得隨她便了，你也不必多管。」張氏見丈夫說得如此，也不便再詰，心中卻大不謂然，以此為家門之恥辱。

諸惡少之爲首者，姓胡名岩，其父胡堂，是勾結仕宦，出入衙門，不守本分的人。胡岩助父爲惡，在安亭鎮上，欺壓良善，無惡不作，卻是汪妻最得意的姘夫，其餘惡少，若周綸、朱旻等諸人，皆服其驅遣，雖均與汪妻通奸，但要讓胡岩占先，不啻爲胡岩之爪牙也。

一日，胡岩向汪妻道：「你家媳婦，頗具姿色，但進門後，從不肯與我們說一句話，似有怪你的意思，不如將她拖入混水裡，大家打成一局，然後可以任意取樂，你意如何？」汪妻曰：「這是你既得隴，又望蜀了。」胡岩道：「若不如此，你我所爲，必定爲她鄙薄，我們在此，礙她耳目，總不能快意。」汪妻曰：「我不好意思向她說，這件事，你自己去誘她上鈎便了。」

自此胡岩每見張氏，時常向她調笑，雜以穢褻之語，張氏只當不聞，憤然走避。胡岩計不逞，又唆汪妻曰：「你新婦想是怕你責備，不敢與我親熱，不如在我們睡在一床時，喚她來，目睹淫樂，自無所怕，看他如何。」汪妻與胡岩戀奸情熱，言聽計從，不顧廉恥，竟於交頸疊股之時，高聲喚張氏進房，張氏向盡婦道，聞喚即入房侍候，不料揭帳一看，掩面而走，奔回房中，椎胸痛哭，認爲奇羞大辱，欲尋死，免被污，其夫只得送她歸寧。

張氏回家，一見父母，放聲大哭，曰：「兒寧死在娘家，亦不願返汪家了。」父母詢何故，女初不肯言，母牽其入內室密詢，她始詳訴家姑淫惡情形，意欲拖兒下水，掩其獸行，兒以清白之身，不甘受污，故寧死不返汪家。母金氏聞之，痛悔當初輕信媒言，誤女終身，但悔已無及。張氏在娘家一住數月，汪子來接數次，她亦堅不肯歸。

詎胡岩圖奸不遂，淫心未息，唆汪妻曰：「你媳歸寧已久，如何不接回來，若任她在外，將你謗毀，你尚有何顏面見人耶？不如接她回家，再用方法，她必難逃出我們掌中，必以弄上手爲止。」汪妻曰：「她不肯歸，我亦無法。」胡曰：「不如命你子以好言騙她，事必諧。」汪妻便命子依計而往。

汪子到岳家，向張女道：「自汝歸寧，吾母痛自改悔，如今門庭清淨，不比從前，故接汝回去。」張女猶半信半疑，張父勸之曰：「翁婿對你無過，姑可絕，翁婿不可絕，清者自清，濁者自濁，你怕她什麼。」婿云：「姑已改過，亦應不念舊惡，你且回去，看其究竟，不必偏執己見。」張女無奈，只得從父命隨丈夫返汪家。

不料一進汪門，見婆婆依然如故，諸惡少照舊往來，汪妻更以惡勢臨之，不准出門，嚴督勞役，任意打罵。張氏暗中泣訴其夫，並勸家翁少飲，清理門戶。詎汪氏父子，形同木偶，全不爲意，反將張氏之言，告知汪妻。汪妻益恨，打罵愈多，張氏逆來順受，嚴加戒備，只求身不被污，雖服役受責，亦無怨言。

一日，汪妻與諸惡少在堂上聚飲，張氏在堂上經過，胡岩出其不意，拔去張氏頭上玉簪，張氏頓足哭避，胡岩把簪遞還，張氏不接，簪墮地而斷。汪妻曰：「我代胡郎賠汝。」拔自己頭上玉釵與之，張擲地下，憤而回房。胡岩道：「你媳如此難犯，你爲家姑，威勢喪盡，奈何！」汪妻曰：「容徐圖之。」

汪妻嘗與家中小廝王秀有染，出其汗巾，令張氏織花，以贈王秀。張氏曰：「我不慣與奴才織花。」擲巾於地，汪妻憤恨。晚間與胡岩謀，遣子往縣中習吏事，張氏獨居房中，時刻提防，以短棒置床頭，扃門而睡，胡岩毀窗而入，黑暗中捫索圖奸，被張氏以棒擊之，傷其指，胡怒走。張氏雖未被污，但受禁於惡家庭中，思終不了，連日悲憂痛哭，不寢不食，欲歸娘家，病不能興，蛙步難行，惟求死，在汪妻監視之下，無法遂所願。

次夜，胡岩率諸惡少進張氏房，以刃迫奸，張氏拼死拒之，信口哭罵，胡曰：「汝再倔強不就範，必死。」張氏曰：「寧死不受辱。」胡怒不可遏，便喝諸惡少動手，椎斧交下，遍體重傷，張氏宛轉呼號，曰：「何不以刃刺我，使速死。」胡即以刃刺其頸、刺其肩、刺其陰，始氣絕。

汪妻說：「人死奈何？」胡曰：「不怕，現在官府，只要肯化錢，何事不可了。」即喝令眾人扛屍往埋，以圖滅跡，那知屍體如釘在地上，扛抬不動，胡岩令將房子放火滅跡，怎知火勢總向別處延燒，近屍處火卻不到。鄰右坊眾，見汪家火起，群趕來救，見火在後座，便擁入，火勢漸熄，回視前房，則見血灑滿地，屍身鱗傷，眾人始知殺人放火，案情嚴重，即紛報地方官及張氏父母，凶徒與汪妻已躲匿，張耀夫婦一聞凶訊，奔汪家，見女兒慘死於血泊中，哭請坊眾四鄰見證，以便告狀。

汪妻與諸惡少待屍親及四鄰散去，即回家計議應付之法，胡岩獻計曰：「你肯認是家姑撞見媳婦與工人王秀通奸，一時憤而責罵，張氏口出不遜，所以錯手將她殺死，並厚賂王秀，要他認與張氏通奸，然後運動衙門，從輕發落，以金贖罪，有我父胡堂代你設法，衙門中自可疏通，你一面將重金交我帶回請父親進行，一面叫你丈夫先行依計報案，以先發制人。」汪妻即一一照辦。

胡堂據兒子胡岩呈上金幣，及詳述各情後，告岩曰：「王秀既允認與張氏通奸，汪妻既肯自承誤殺，你可卸責，但苦主方面，張耀是庸懦怕事的人，不必慮也，惟張耀之岳丈金炳，其父金楷，中進士，曾任涪州知州，雖已逝世，金炳究是宦門之後，頗有力量，吾先賄囑他威嚇張耀，不要把你名告狀，其餘衙門中，我自會打點。」

越日，胡堂果然得金炳允許暗助，就送他百金。迨張耀到岳丈金炳處商議告狀時，金炳認爲不必將胡岩列於被告人名單內，因未得確證，不易入罪，且胡堂與官衙中人勾結，其子如在案內有名，必出全力破壞，反令死者不能伸冤，殊非計之得者。張耀以爲岳丈明達事理，暢曉訟事，且係至戚長輩，一定可靠，乃依金炳所說，將被告胡岩名字除去，不予告發。

胡堂見初步計畫成功，其子可以置身事外，喜慰無限。遂進一步在衙門勾通檢驗吏、仵工，及承辦本案之官吏，預謀爲汪妻解脫。眞財可通神，一切順利，胡岩即告知汪妻，吩咐王秀，及一班惡少，囑依原定計畫應付，便可大事化小，小事化無，並教其口供，不可矛盾，必操勝算。

縣官收到汪客與張耀兩造狀詞，即示期驗屍，及傳集坊眾人證，與案內一干人等審訊，檢驗吏率同仵工作驗屍時，祇報輕傷，將致命重傷，略去不報，眾坊不平，輿論譁然，驗屍官吏，見眾怒難犯，始將重傷及致命處塡入屍格。

縣官先訊張耀，張耀將「汪妻與惡少等串謀迫奸不遂，行凶殺死女兒，及放火意圖滅跡」等情陳述。縣官問「有何證據？」張耀答鄰居坊眾均知。次訊汪客，汪客供稱，「伊與兒子均不在場，請問其妻。」乃訊汪妻，汪妻供云：「媳婦與王秀通奸，被其撞見，依家法責她，她口出不遜，一時氣憤，錯手將媳毆打，不料她體弱不支，因傷而死。」訊王秀，王秀直認「與張氏通奸」不諱。縣官喝道：「因奸致死，罪當大辟（斬首刑，謂之大辟），汝知嗎？」王秀曰：「是少主母引誘小人成奸，被老主母撞見，小人並未動手，因傷斃命，不關小人之事，被誘成奸，小人甘願領罪。」

縣官即訊四鄰坊眾張氏平日行爲如何？死因如何？凶犯是誰？有何證據？

四鄰答稱：「張氏行爲端正，安亭人均知之，恐因是被汪妻串同姘夫迫奸殺害，凶犯等有汪家小婢目睹，足爲憑證。」

縣官即傳訊小婢，小婢年僅十二歲，平日畏汪妻及惡少等如虎，噤若寒蟬，此時到堂，一改常態，侃侃而談，繪影繪聲，一若張氏冤魂附身，借其口訴冤一樣，小婢供稱：「汪妻確與胡岩等通奸已久，前夜胡岩率同周綸、朱旻等毀窗進張氏房中迫奸，張氏不從，被周綸、朱旻椎斧齊施，張氏受傷未死，胡岩以刃刺其頸、肩、陰三處，乃死，我怕甚，匿在床下，親眼看見，胡岩等因扛屍不動，放火以滅跡，火勢反向後座延燒，不灼屍體，坊眾來救火，問我一切，我曾據實說過。」

縣官見小婢天眞無邪，言之鑿鑿，乃問張耀曰：「胡岩既是首凶，你何以不告發他？」張耀稱：「因怕他父子爲安亭惡霸，勢大手辣，不敢告他。」

縣官即命差役拘拿胡岩，與周綸、朱旻等，一併與小婢對質，胡岩等尚欲抵賴，坊眾皆證明伊與汪妻常在一處，鎮人早有繁言。

縣官見人證俱全，即將胡岩等與汪妻分別押禁牢中，將汪客父子交保候訊，小婢由張耀領回，候將案詳報核辦。

胡堂見其子收監，凶多吉少，急尋門路，設法營救。其時嘉定有張副使罷官在籍，邱評事丁憂居家，平日與胡堂素有往來，在縣中把持訟事，狼狽爲奸。胡堂即備厚禮請張、邱二人設法，待兒子釋放，再以千金爲酬。

張、邱二人受了胡堂賄賂，乃聯袂往晤縣官，縣官延進內堂，張副使詢及安亭汪家命案，縣官詳述經過，並向二人領教，有何意見？張副使即指邱評事告縣官曰：「他是一位名法家，何不請他發其高論？」縣官正因自己初登仕版，當地鄉宦，理當尊重，乃向邱請教。

邱曰：「我們做刑官的，總要體上天好生之德，以一女子而殺四、五人，於情理未免太刻，況原告張耀並未告及胡岩，僅憑小婢一面之詞，治以死罪，恐怕詳到上司，亦會批駁，於父台官聲有損，王秀既已供認，依治弟愚見，不如將王秀論罪，一命抵一命，以平公憤。」

縣官爲邱言所惑，竟擬從輕辦理，將群凶交保，祇將王秀與汪妻押候。合縣人民，聞之駭然，但張邱勢大，百姓怕事，無奈伊何。

時歸有光在安亭聞之，乃爲張氏貞婦鳴冤，作「貞婦辨」，以告嘉定紳士。文曰：

或問貞婦遜於母氏，胡不自絕而來歸也，予曰，義不能絕於天也，有妻道焉，遂志而滅倫非順也，或曰，其來歸也，胡不即死，予曰，未得所以處死，有婦道焉，潔身以明汚非孝也，然而守禮不犯規，凜然於泥滓之中，故以淫姑之悍虐，群凶之窺憧，五閱月而草逞其狂狡也，或曰，其犯之也，安保其不污也，予曰，女童之口，不可滅也，精貫日月，誠感天地，故貞婦一呼，桀犬披靡，水不能濡，火不能爍，蓋天地鬼神，亦有以相之，不可以常理論者，夫事有先後，跡有顯暗，要之至於死而明矣，屈子之沉湘，賈生猶病其懷此故都，文山縶於幽燕，壬炎午生祭之以文，彼賢者猶不相知如是哉，雖然，所見異詞，所聞異詞，所傳異詞，貞婦之事，今日所目見者也，謂不得為烈者，東土數萬口，無此言也，彼為賊地者之言也，嗚呼，綱常與天地始終，而彼一人之喙，欲沉埋貞婦曠世之節，解脫群凶滔天之罪，吾不知其何心也。

嘉定全縣紳士，見此文而動公憤，群請縣官依律懲凶，縣官亦素重歸有光爲人，乃將群凶置於法，汪妻庾死獄中，王秀重打百杖，後因傷亦斃，表彰張氏貞烈，案結，邑人爲之大快。

愛國詩人陸放翁

陸游，字務觀，號放翁，宋時，越州山陰人，年十二，能詩文，蔭補登仕郎，鎖廳薦送第一，秦檜之孫（塤）適居其次，檜怒，至罪主司，明年試禮部，主事復置游前列，檜顯黜之，由是爲所嫉。檜死，始赴福州甯德簿以薦者，除敕令所刪定官。時楊存中久掌禁旅，游力陳非便，上嘉其言，遂罷存中。中貴人有市北方珍玩以進者，游奏言：「陛下以損名齋，自經籍翰墨外，摒而不御，小臣不體聖意，輒私買珍玩，虧聖德，乞嚴行禁絕。應詔言非宗室外家，雖實有勳勞，毋得輒加王爵，頃者有以師傅而領殿前都指揮使，復有以太尉而領閤門事，瀆亂名器，乞加訂正。」遷大理寺司直，兼宗正簿。

孝宗即位，遷樞密院編修官，兼編類聖政所檢討官，史浩，黃祖舜薦游善詞章，諳典故。召見，上曰：「游力學有聞，言論剴切。」遂賜進士出身，入對，言：「陛下初即位，乃信詔令以示人之時，而官吏將帥一切玩習，取尤沮格者，與眾棄之。」

和議將成，游又以書白二府曰：「江左自吳以來，未有舍建康他都者，駐蹕臨安，出於權宜，形勢不固，饋餉不便，海道逼近，凜然意外之憂，一和之後，盟誓已立，動有拘礙，今當與之約，建康臨安，皆係駐蹕之地，北使朝聘，或就建康，或就臨安，如此，則我得以建都立國，彼不我疑。」

時龍大淵，曾覿用事，游爲樞臣張燾言：「覿，大淵招權植黨，熒惑聖聽，公及今不言，異日將不可去。」燾遽以上聞，上詰語所自來。燾以游對，上怒，出通判建康府，尋易隆興府。言者論游交結台諫，鼓唱是非，力說張浚用兵，免歸久之，通判夔州。

王炎宣撫川陝，辟爲幹辦公事，游爲炎陳進取之策，以爲經略中原，必自長安始，取長安，必自隴右始，當積粟練兵，有釁則攻，無則守。吳璘子挺代掌兵，頗驕恣，傾財結士，屢以過誤殺人，炎莫之何。游請以玠子珙代挺。炎曰：「珙怯而寡謀，遇敵必敗。」游曰：「使挺遇敵，安保其不敗？就令有功，愈不可駕馭。」及挺子曦僭叛，游言始驗。

范成大帥蜀，游爲參議官，以文字交，不拘禮法，人譏其頹放，因自號放翁，後累遷江西常平提舉，江西水災，奏撥義倉賑濟，檄諸郡撥粟以予民。召還，給事中趙汝愚駁之，遂與詞，起知嚴州，過闕陛辭，上諭曰：「嚴陵山水勝處，職事之暇，可以賦詠自適。」再召入見，上曰：「卿筆力回斡甚善，非他人可及！」除軍器少監。紹熙元年，遷禮部郎中，兼實錄院檢討官。嘉泰二年，以孝宗、光宗兩朝實錄及三朝史未就，詔游權同修國史實錄院同修撰，免奉朝請，尋兼秘書監，三年書成，遂升寶章閣待制，致仕。游才氣超逸，尤長於詩。晚年再出爲韓侂胄撰〈南園閱古泉記〉，見譏於清議。朱熹嘗言：「其能太高，跡太近，恐爲有力者所牽挽，不得全其晚節。」有先見之明焉。嘉定二年卒，年八十有五。

陸游才氣壯闊，情感眞摯，愛國固其素志，對人亦具深情。當宋室南渡，偏安自娛，奸佞竊權，議和苟安，游目睹心傷，回天無力，故於詩詞中，輒多寄意，憂國憤時之句，每常流露，如〈感憤〉一詩：

今皇神武是周宣，誰賦南征北伐篇？四海一家天曆數，兩河百郡宋山川；諸公尚守和親策，志士虛捐少壯年！師老無功，志士短氣，今古同此慨也！京洛雪消春又動春動而人不動，奈何！，永昌陵上草芊芊。

又如〈讀夏書〉一詩：

巨浸稽天日沸騰，九州人死若邱陵！一朝纔得居平土，峻宇雕墻已遽興。

又如〈追憶征西幕中舊事〉四首之一：

大散關頭北望秦，自期談笑掃胡塵！收身死向農桑社，何止明明兩世人。

又如〈示兒〉一詩：

死去原知萬事空，但悲不見九州同！王師北定中原日，家祭無忘告乃翁。

以上舉例各詩，均表露其「感慨悲憤，忠君愛國」之誠，而其生平處境、抱負、才氣多與杜甫類似者，《唐宋詩醇》列陸游爲大家，厥有由也。

宋自南渡以後，必以陸游爲冠，當時稱大家者，曰：「蕭、楊、范、陸。」，楊萬里則曰：「尤、蕭、范、陸。」

劉克莊乃曰：「放翁學力似杜甫。」又曰：「南渡而下，放翁爲一大宗。」

朱子與徐賡載書云：「放翁詩，讀之爽然，近代惟見此人爲有詩人風致，今諸家詩俱在，可與游匹者誰也？」

觀游之生平，有與杜甫類者：少歷兵間，晚棲農畝，中間浮沉中外，在蜀之日頗多，其感激悲憤忠君愛國之誠，一寓於詩。酒酣耳熱，跌宕淋漓，至於漁舟樵徑，茶椀爐熏，或雨或晴，一草一木，莫不著爲歌詠，以寄其意，此與杜甫之詩，何以異哉。詩至萬首，瑕瑜互見，評者以爲：譬之深山大澤，包含者多，不暇翦除蕩滌，非如守半畝之宮，一木一石，可屈指計數。可謂知言矣！若捐疵累，存英華，略纖巧可喜之詞，而發其閎深微妙之旨，何嘗不與李、杜、韓、白諸家異曲同工，可與配東坡而無愧者哉！

放翁論詩（見〈何君墓表〉）云：「詩欲工，而工亦非詩之極也！鍛鍊之久，乃失本指，斲削之甚，反傷正義，纖麗足以移人，誇大足以蓋眾，故論久而後公，名久而後定。」放翁有句云：「外物不移方是學，俗人猶愛未爲詩。」洵至論也！

放翁不獨以詩文見長，其詞亦別闢蹊徑。劉潛夫云：「放翁，稼軒（辛棄疾），一掃纖艷，不事穿鑿，高則高矣，但時時掉書袋，要是一癖。」

《四庫提要》云：「『楊愼詞品』，謂游纖麗處似淮海，雄快處似東坡，平心而論，游之本意，蓋欲驛騎於兩家之間，故奄有其勝而皆不能造其極，要之詩人之言，終爲近雅，與詞人之冶蕩異殊，其短其長，故俱在是也。」

《絕妙好詞》選放翁詞錄后：

朝中措（梅）

幽姿不入少年場。無語只淒涼。一箇飄零身世，十分冷淡心腸。

江頭月底，新詩舊恨，孤夢清香。任是春風不管，也曾先識東皇。

烏夜啼

金鴨餘香尚暖，綠窗斜日偏明。蘭膏香染雲鬟膩，釵墜滑無聲。

冷落鞦韆伴侶，闌珊打馬心情。繡屏驚斷瀟湘夢，花外一聲鶯。

《白香詞譜》選其〈沁園春〉詞錄后：

孤鶴歸來一本：歸飛，再過遼天，換盡舊人。念纍纍枯塚，茫茫夢境，王侯螻蟻，畢竟成塵。載酒園林，尋花巷陌，當曰何曾輕負春。流年改，嘆圍腰帶剩，點鬢霜新。交親，散落如雲。又豈料而今餘此身。幸眼明身健，茶甘飯軟，非惟我老，更有人貧。躲盡危機，消殘壯志，短艇湖中閒採蓴。吾何恨，有漁翁共醉，溪友為鄰。

放翁是深於情者，對於「迫從母命，已出之妻」唐氏，亦歷久不忘。初娶唐閎之女（即其母之姪女），伉儷相得，而不愜於其母，既出，而未忍絕之，置於別館，母知而迫絕之，此人倫之慘變也！唐氏後改適，偶於春日出游，相遇於沈氏園，放翁悵然久之，爲〈釵頭鳳〉一詞題園壁間，詞曰：

紅酥手，黃藤酒，滿城春色宮墻柳，東風惡，歡情薄，一懷愁緒，幾年離索，錯，錯，錯。

春如舊，人空瘦，淚痕紅浥鮫綃透，桃花落，閑池閣，山盟雖在，錦書難託，莫，莫，莫。

後每經沈園（在禹跡寺之南）必登寺憑眺，並題二絕云：

夢斷香銷四十年，沈園花老不飛綿，此身行作稽山土，猶弔遺蹤一悵然。

城上斜陽畫角哀，沈園無復舊池臺，傷心橋下春波綠，曾是驚鴻照影來。

由交友之道說到爲友忘家故事

一　交友之道

近世交友之道悖矣！交必以利，利盡則交疏；交必以勢，勢衰則情異。甚或一言不合，儼若參商；同處必爭，勢同冰炭。愛之欲其生，惡之欲其死，友道如此，奈之何不相率而爲僞且悖也。

孔子曰：「益者三友，損者三友，友直，友諒，友多聞，益矣；友便辟，友善柔，友便佞，損矣。」

註釋云：「友直，則聞其過。友諒，則進於誠。友多聞，則進於明。便（便，平聲），習熟也。便辟，謂習於威儀而不直。善柔，謂工於媚說而不諒。便佞，謂習於口語而無見聞之實。三者損益，正相反也。」

但世人每喜熟習者之曲順己意，而厭聞逆耳之直言；喜柔善者之媚悅己意，而不求懇摯之誠諒；喜諂佞者之詭隨己意，而猜忌篤實之多聞。結果遠君子而親小人，小則受事物之損，大則貽終身之害，甚則亡其身以及其親，至凶終隙末，或猶不知悔，縱知悔，亦晚矣！可不慎歟？

曾子曰：「君子以文會友，以友輔仁。」

註釋云：「講學以會友，則道益明；取善以輔仁，則德日進。」

孔子曰：「君子成人之美，不成人之惡，小人反是。」

註釋云：「成者，誘掖獎勸以成其事也，君子小人，所在既有厚薄之殊，而其所好之有善惡之異，其用心之不同如此。」

此言君子小人之分別，而擇交宜自謹也。然己擇人，人亦擇己，如何始能令益友對己滿意，而願與我爲友乎？孔子曰：「主忠信，毋友不如己者，過則勿憚改。」又曰：「過而不改，是謂過矣。」子貢曰：「我不欲人之加諸我也，吾亦欲無加諸人。」有子曰：「信近於義，言可復也；恭近於禮，遠恥辱也；因不失其親，亦可宗也。」曾子曰：「吾日三省吾身：爲人謀而不忠乎？與朋友交而不信乎？傳不習乎？」子夏曰：「與朋友交，言而有信。」

以上爲立身交友之道，不外忠、恕、誠、信而已。人能持之以恆，合乎其義，君子樂與之爲友矣。與君子善人相交，與之俱化而不自覺，故孔子曰：「與善人居，如入芝蘭之室，久而不聞其香，則與之俱化矣；與不善人居，如入鮑魚之肆，久而不聞其臭，亦與之俱化矣，是以君子愼所以處也。」（見《孔子家語》）

古者善交之例亦多矣，如「藺相如與廉頗，謂之刎頸交；孫策與周瑜，謂之總角交；雷義與陳重，謂之膠漆交；張元伯與范巨卿，謂之守約交；伯牙與鍾子期，謂之知音交；管仲與鮑叔牙，謂之知己交；周舉與黃叔度，謂之挾纊交；山濤與阮籍，謂之神交」。善類之交，不勝枚舉。君子小人之別，視乎人之善擇耳。

二　為友忘家故事

太史公曰：「士爲知己者用，女爲悅己者容」（司馬遷述豫讓之言，見於《國策》），李陵曰：「人之相知，貴相知心」（李陵〈答蘇武書〉），「知己」云者，能知其心之謂也。古所謂「得一知己，可以無憾！」足見得「知己」之難，而「相知」之非易也。

昔虞舜窖於井廩，得堯帝之知而繼承帝位；伊尹負於鼎俎，得商湯之知而任爲賢相；傅說匿於傅巖，得高宗之知而擢爲良弼；呂尚困於棘津，得文王之知而爲王佐；管仲繫於桎梏，得齊桓之知而爲霸相。是皆遇知於「知己」，而得行其志也。彼五子者，苟不遇堯帝、商湯、高宗、文王、齊桓之知，曷由而展其長以建其功耶？恐終其身亦與常人等耳。

歐陽修所謂「蓋士方窮時，困阨閭里，庸人孺子，皆得易而侮之。……」（見〈晝錦堂記〉）故豪傑之士，在困阨之際，獲相知之交，其感恩知己之情，沒齒而不忘者必矣。茲篇所述故事，以其能重友道而報知己，忘其家受其苦而不負其友者，洵足爲末世風！爰記其事如左：

唐開元年間，有東川遂州方義尉吳保安者，貴鄉人也，具有長才而屈居下位，每思世無知己，莫能展其抱負，素聞同鄉中有郭仲翔者，乃當時宰相郭元振之姪也，爲人豪俠，才兼文武，性瀟脫，不拘繩墨，保安平日欽慕仲翔之爲人，而素未謀面，是神交也。

時値南方洞蠻作亂，朝廷命李蒙爲姚州都督，領兵進討，署郭仲翔爲行軍判官，師次劍南，吳保安聞之，修書請仲翔援引，以圖立功。仲翔得書，嘆曰：「此君素昧生平，驟以緩急相委。是深知我者，大丈夫遇知己而不能爲之出力，寧不負愧乎！」遂向主帥表揚吳保安之才能，乞徵調軍中效用，李都督許之，即行文遂州，調用方義尉吳保安爲營記。（行營書記也）

保安奉到李都督公文，知是郭仲翔所薦，不勝感激，留妻張氏與未周歲兒子在遂州居住，自己攜一僕，往姚州就職。豈知李都督初次進兵，殺得蠻兵大敗，即率大軍乘勝追擊。仲翔諫曰：「蠻兵敗績，我方軍威已立，宜駐兵於此，派人播將軍之德威，招使內附，不可深入，恐蠻人有詐。」李蒙不聽，驅軍直進，勢如破竹，蠻兵並無抗戰，如入無人之境。仲翔又諫曰：「蠻人頑悍，而沿途不抗，顯欲誘我軍深入險境，伺機而伏發矣，宜先派輕騎搜索，察其虛實，大軍不可輕進。」

李蒙曰：「兵貴神速，蠻人大敗之後，懾於吾軍威勢，不敢抗戰，正吾人將其一鼓蕩平之良機，若令其有喘息餘地，是縱敵也。」乃不納仲翔諫言，揮軍深入，窮追敵蹤，至一「萬山重疊，林深草茂」之盤地，已發見敵人，但路口分歧，地形險惡，欲進無由，李蒙心疑敵有埋伏，正擬改後隊爲前隊，下令退兵，已來不及了。

蠻人伏兵四起，遍山漫野，四面殺來，而且唐軍之歸路已斷，繼之林間火起，將士官兵，被火燒得焦頭爛額，左衝右突，皆無出路，唐軍已戰至筋疲力倦，大勢已去，無可挽救，李蒙都督縱極驍勇，亦不能殺出重圍，仰天長嘆曰：「悔不聽郭判官之言，中了蠻人之計，難逃喪師辱國之罪，不如一死。」乃拔劍自刎而亡。

其餘殘兵敗將，全被蠻人擄去，郭仲翔亦在其內。吳保安抵達姚州，聞此敗訊，如晴天霹靂，未知仲翔生死如何？乃住在姚州，到處託人探聽仲翔下落。經月餘，有一解糧官從蠻洞逃回，帶有仲翔手書，是寄給吳保安的，吳即拆開信封，來書內容，是：「仲翔被俘擄，蠻人要索絹千疋，方准贖俘，請吳帶書往長安，見郭元振相國，設法贖他。」吳即向帶信人詳詢仲翔被俘後情形。

據稱：「蠻人本無大志，不過貪利擄掠，此次所獲俘虜，凡有官職者，准其寄書取贖，通知家人以絹疋為贖價，官小位低者數十疋，中級官吏數百疋，因仲翔是唐朝丞相之姪，故要索絹千疋，仲翔無力出此贖價，必要求他伯父設法，但伯父遠在長安，想起吳保安來姚州效力軍中，此時應已到達，故寄信給吳，請其帶信至長安。」

吳保安詳悉內情，知非千疋不可，乃即趕程往長安，急於救友，路經東川遂州，亦不回家，直向京都而來，及至長安（唐以長安為京都），往相府求見，始知宰相代國公郭元振已薨逝，其家眷扶柩回籍去了。斯時吳保安大失所望，趕回遂州，對妻張氏放聲大哭，曰：「吾今爲救知己，顧不得家了。」妻問其故，吳具告之，曰：「仲翔與吾素未謀面，得吾書竟力薦於都督，不可謂非知己，今知已陷敵，待絹千疋，以贖其身，伊伯父又亡故，無人設法籌贖，吾必負起此責，出外營求，故無力再贍其家，你母子在家自謀生活可也。」妻苦勸之，不聽，曰：「吾心已許郭君，不得郭君回來，誓不獨生。」於是罄家中所有，估値得絹二百疋，盡攜之往姚州而去。

何以吳保安逕走姚州？因姚州，爲唐代所設置（後設於南詔，明朝爲姚安府治，清屬雲南楚雄府，民國改爲姚安縣），爲入蠻洞交通孔道，商旅輻輳，貨品叢集，保安居留斯地，以便於與蠻方通訊，打聽仲翔消息。而且自己僅籌得二百疋絹，不足之數，擬做些買賣，賺取利潤，朝夕辛勞，短衣縮食，圖達到千疋絹以贖仲翔。

保安在姚州一住十年，祇將頻年辛勞所得，湊足七百疋絹，放存姚州府庫，全神集中於籌資救友，年復一年，心目中祇有郭仲翔三字，家中生活費，分文不寄。其妻張氏，善體夫意，深明大義，自己以女紅刺繡度日，教養兒子，但經過十餘年，實已支持不繼，爲求生存，迫得變賣衣物家具，籌些盤纏，帶同兒子，往姚州尋夫。

迨至戎州地界，盤費己用盡，計無所出，坐在烏蒙山下，放聲大哭，驚動了一位過往官員楊安居，新任姚州都督，從長安馳驛赴任，路經烏蒙山下，見張氏母子如此悲哀，停驂問之，張氏詳訴情由，楊都督深爲感動，乃道：「夫人勿憂，本官忝任姚州都督，一到任後，差人訪尋尊夫。」並贈錢十千，命人以車輛送張氏母子往姚州驛館居住。張氏絕處逢生，不勝感謝。

楊安居接任都督後，便派人訪得吳保安，請其相會。吳到都督府時，楊見其鶉衣百結，鳩形鵠面，狀如乞丐，詢其近況，備悉詳情，深加敬禮。謂保安曰：「君爲友忘家，人所難能，義薄雲天，令老夫欽敬！途中遇君之夫人及令郎，流離道左，悲苦萬分，老夫詢悉其情，已命人送往驛舍居住，君宜往一見，所差之絹數，當爲君圖之。」

吳保安叩謝曰：「既蒙明公仗義，助以三百疋絹，僕當即親往蠻洞。贖取吾友，然後與妻兒相見。」說罷，淚如雨下。楊益重其義，乃即在庫中取官絹四百疋相贈，並爲之辦衣冠車馬，命人協助陪往蠻洞。吳保安感激涕零，拜別楊都督，捆載一千一百疋官絹。趕到蠻洞邊界，覓得通曉蠻語之通譯，將所餘百疋之絹，以充費用。

蠻方洞主，收絹千疋，即令放還仲翔，時仲翔已奄奄一息，寸步難行，蠻兵將仲翔兩足之釘板敲落，仲翔痛極暈厥，血流如注，幾經灌救，始行甦醒。何以仲翔如此慘苦？因仲翔被俘後，投書保安，事久稽延，以爲無望，屢次潛逃，被蠻兵截回，蠻主恐其再逃，乃命蠻兵將仲翔兩足釘在板上，釘頭入肉已久，始則膿血滴流，繼而結痂凝成一片，儼若肌肉與釘生成，此次敲釘拔出，其痛極而暈必矣。

蠻兵將郭仲翔救醒後，仍不能行，乃用皮囊盛之，由蠻兵扛至界口，交吳保安收領。郭吳二人，十餘年的神交，素未謀面，祇憑書札往來，吳則爲救友而拋妻兒，忘家室，含辛茹苦，忍飢受寒，以貫徹初衷，脫友於難；郭則爲知己而薦賢才，求傳書，及瀕絕境，凝血淚，以爲生還無望；一旦相見，雙方熱淚，奪眶而出，抱頭痛哭，傾其積愫，郭仲翔之感激，吳保安之忭慰，均非言語文字所能形容。

吳見郭仲翔形神憔悴，兩足流血，不能步行，乃抱持登車，馳返姚州，叩謝楊都督，楊一見仲翔，不勝哀憐，急延醫治理，妥爲調護，月餘始復元。吳此時始與家人聚首。楊都督敬重保安之爲人，乃飛函長安當道，盛稱保安棄家贖友之義舉，薦其任職，並厚贈資糧，送其赴京。當道即以吳保安陞補嘉州彭山丞，吳乃迎接家眷赴任。

楊都督留仲翔爲都督府判官，並表奏朝廷，唐帝追念代國公郭元振之功勞，錄用其子姪，仲翔得授尉州錄事參軍，旋陞代州戶曹參軍。仲翔父歿，回家守制，喪葬已畢，仲翔嘆曰：「吾之餘生，皆保安所賜，老親在堂，未暇圖報，今親歿服除，正報知己之時也。」乃親往嘉州探訪。豈知保安夫婦，均歿於任，停柩待歸葬。

訪其兒子吳天祐，就在本縣訓蒙度日。仲翔披麻執杖，具禮祭奠，伏地號哭，血淚交流，呼天祐爲弟，商議歸葬，開棺，木已朽，只存枯骨，仲翔見了，益傷心痛哭，將骨逐節用墨表記，裝入練囊，貯於竹籠之內，親自背負而行，不辭勞苦，天祐欲替其勞，仲翔不許，曰：「令先尊爲我邊地馳驅，十年勞苦，我未報厚恩，縱使背終身，尚不能酬其萬一。」遂自嘉州背負數千里，步行還鄉，重備棺槨，厚葬之，與天祐同披重孝，廬於墓側，守墓三年。

親教天祐，使其深造，服闋，爲之娶室，將自己之財產，分一半給天祐，使能自立。仲翔服滿到京復官，將吳保安「爲友忘家」一事，奏聞唐帝，願以自己官位，讓於天祐。朝廷據奏，深爲驚嘆，降旨仲翔照任原職，天祐授爲嵐谷縣尉。後人慕吳郭二人之高風大義，乃立「雙義祠」以紀念之。二人僅憑書信傳達，而結成生死交情，全始全終，斯友道之義且厚也，宜乎以祠紀之！

歷劫美人馮小青之西湖恨蹟

風兒酸，雨兒寒，雨霽風清抬望眼，見西樓明月幾回圓，辭家形弔影，抱恨淚痕斑，寫不盡幽思千萬字，歷盡了塵劫任花殘。〈金盞兒〉

筆者寫這闋〈金盞兒〉的曲詞，是憑弔「西湖孤山別業，幽居飲恨而亡的美人馮小青」而作。

記得粵曲有〈小青弔影〉與〈客途秋恨〉，二曲久已膾炙人口，〈客途秋恨〉一曲，已在本報用抒情畫登出（按：《客途秋恨》於一九九七年由天工書局出版單行本，再版則於二〇一八年由萬卷樓圖書股份有限公司刊行），由吟秋客執筆爲文，將繆蓮仙與麥秋娟故事，描寫盡緻。而「小青」其人其事其詩，哀感動人，亦應爲之一述：

明朝萬曆泰昌年間，杭州有馮生者，豪門公子也，嘗慕揚州多佳麗，泛棹往游，託媒媼買小青爲妾，小青與生同姓，本名元元，夙根穎異，姣美絕倫，於十歲時，遇一老尼，授以《心經》（佛經）一卷，小青纔誦數遍，即能了了，覆之，不遺一字。老尼曰：「此兒雖敏慧，但惜福薄耳！願乞與我爲弟子，設不肯令其入空門，亦切勿令其識字。方有三十年之壽。」家人以其妄，怒叱之，老尼不顧而去。

小青之母，本爲女塾師，小青得以相隨就學，伊母所教之家，都是名閨宦室，故小青亦工詩詞，解音律。且江都是佳麗萃聚之地，每當諸閨秀雲集之時，茗戰手談，拈韻聯句，小青皆能隨機酬答，出人意表。因此人人喜愛，個個爭留，小青雖素閑儀範，而風情逸艷，綽約自好，其天性然也。

小青年十六，其母貪得金帛，不及詳查底細，即以小青許嫁馮生爲妾，小青一見馮生之狀，嘈喹戚施，憨跳不韻，不覺淚如雨下，悽然嘆曰：「我命休矣！」小青之怨自此始。

及隨生至杭，其婦更加妒悍，一聞娶妾，吼聲如雷，含怒而出，只見小青黛眉不展，容光黯淡，嫋嫋然恰似迎煙芍藥，婦自上至下，把小青仔細看了一會，但冷笑曰：「標緻，標緻。」小青回鬟掩淚，愈加憤懣，然已是籠中鸚鵡，只得曲意承順，而婦妒嫉之念，不能稍解。

婦有戚屬楊夫人者，才而賢淑，嘗就小青學棋，絕憐愛之，偶談及婦之奇妒處，不覺歎息曰：「我觀汝女工諸技，色色皆精，奈何墮落在羅刹地獄，我思欲脫子火坑，子能從我作筆硯友乎？」

小青歛容起謝曰：「多蒙夫人愛同親女，賤妾豈不知感，所恨命如花薄，自知死期已近，只恐此生無由侍奉耳！」語未畢，忽值婦至，遂各散去。

一日，春光明媚，楊夫人邀婦泛舟湖上，並約小青隨往，船到斷橋，俱登岸閒步，婦與夫人攜手立於垂楊之下，小青獨至蘇小墓前（錢塘蘇小小，是古之名妓也），取酒澆奠，低吟一詩曰：

西陵芳草騎轔轔，內信傳來喚踏春；杯酒自澆蘇小墓，可知妾是意中人！

時小青出居湖上，未歸家，故有內信傳來之句。當時徘徊閒眺之後，即命肩輿由岳王墳而行，及至天竺，拜觀音大士，小青拜祝已畢，又口占七絕一首。詩曰：

稽首慈雲大士前，莫生西土莫生天；願為一滴楊枝水，灑作人間並蒂蓮。

婦向前禮畢，顧謂楊夫人曰：「我聞西方佛無量，而世人多專禮大士，此何故歟？」楊夫人未及答，小青應曰：「只爲菩薩，慈悲耳。」婦知諷己，便答曰：「是了，我當慈悲汝。」

既而捨輿登舫，蕩槳中流，只見兩堤間，花柔草嫩，鬢影鞭絲，許多華服少年，挾彈馳馬，往來追逐，同船諸女伴，捲簾憑檻，笑語諠譁，倏東倏西，指點嘲謔，而小青淡然凝坐，絕無輕佻之容。迨飲至半酣，楊夫人數以巨觴邀婦飲，瞯婦已醉，徐語小青曰：「船有樓，汝可伴我一登。」

比及登船樓，遠眺久之，忽撫小青之背，附耳低語曰：「你看遠山橫黛，煙水迷濛，大好光景，汝何自苦？豈不聞章台柳亦嘗倚紅樓而盼韓郎走馬，汝乃作薄團空觀耶？」小青曰：「賈平章劍鋒可畏也！」夫人笑曰：「汝誤矣，平章劍鈍，女平章乃厲害耳。」良久，顧左右，寂無人。

楊夫人又從容諷之曰：「觀子豐神絕世，才韻無雙，我雖非女俠，力能爲定籌，適間所言章台柳故事，汝乃會心人，豈不領悟？今世豈少一韓君平，汝何為緘愁含怨，自苦如此？且彼視汝之去，如拔一眼中釘耳，縱能容汝，汝願向黨將軍帳下作羔酒侍兒乎？」

小青謝曰：「夫人休矣，吾幼時曾夢手折一花，隨風片片著手，命止此矣！夙業未了，又生他想，彼冥曹姻緣簿，非吾如意珠，再辱奚為？徒供群口畫描耳。」

夫人歎曰：「子言亦是！吾不強子，宜自愛！彼或以好言語，或以好飲食啖汝，汝乃更可慮！即旦夕所需應用物件，只須告我，當命人送來。」

遂相顧泣下沾衣，惟恐婢輩竊聽，徐拭淚還坐，尋別去。楊夫人每有宗戚語之，聞者莫不酸鼻。

居無何，婦妒益深，乃遷小青於孤山別業，誡之曰：「非我命，郎至，不得入，非我命而郎之手札至，亦不得入。」

小青既到孤山，暗自念，彼置我於閒寂之地，必然密伺短長，借「莫須有」事以魚肉我，以故深自斂戢。孤山在西湖蘇公堤畔，乃林和靖之故址，梅畦竹徑，一水千峰，雖幸狺語得離，耳目清逸；然當夢迴孤枕，聽野寺之鐘聲；煙染長堤，望疏林之夕照；

又未嘗不黯然淚下也。因詠一絕，以寄其幽怨。詩曰：

春衫血淚點輕紗，吹入林逋處士家；嶺上梅花三百樹，一時應變杜鵑花。

小青之幽怨，自此益深，而其悲憤之懷，俱托之於詩，或塡寫小詞。又好與影語，或斜陽花間，煙空水清，輒臨池自照，對影絮絮如問答。婢輩窺伺，則不復爾。但微見眉痕慘然，似有泣意。

轉回粧閣，泚筆寫〈混江龍〉一曲：

自離了杭城舊苑，曉風殘月伴窗前，平林漠漠，芳草芊芊，避卻獅吼聒耳喧，偏聞鵑泣惹心酸，弔影池旁，徘徊山下，鸕鷀驚起，鸚鵡噤言，枯楊衰柳立將殘，臨池顧影形無變，恰似萍流蓬轉，幾曾恨海能塡？幽怨如此，亦足傷矣！

一日早起，梳粧畢後，又獨自信步池旁，臨波照影，徙倚之間，忽呼影而言曰：

「汝亦是薄命小青乎？我雖知汝，汝豈相憐？假使我含恨而死，汝豈能因我而現形耶？」喃喃自語之際，旋又笑曰：「狂且濁嫗，無意於我，若得與汝作水中清友，我來汝現，我去汝隱，汝非我不親，我尋汝而至，洵足以相共晨夕，無愁岑寂矣。」一代美人，如患痴痌，傷心極矣！嗣聞婢女尋喚，遂返閨中，即題詩一首。詩曰：

新粧竟與畫圖爭，知在昭陽第幾名？瘦影自憐春水照，卿須憐我我憐卿！

有一夕，風雨瀟瀟，梵鐘初響，四顧悄然，乃於書櫥中檢出一帙《牡丹亭記》，挑燈細玩，及讀至「尋夢，冥會」諸齣，不覺低首沉吟，掩卷而歎曰：「我只道感春興怨，祇一小青，豈知痴情綺債，先有一個麗娘，然夢而死，死而生，一意纏綿，三年冰骨，而竟得夢中之人作偶，梅耶，柳耶？豈今世果有其人耶？我徒問水中之影，汝眞得夢裡之人？是則薄命良緣，相去殊遠！」言畢，泫然泣下。回顧侍婢，俱已熟寢，遂援筆賦七絕一首。詩曰：

冷雨幽窗不可聽，挑燈閒看牡丹亭；人間亦有痴於我，豈獨傷心是小青。

時已夜深，但聞雨聲淅瀝，亂灑芭蕉，風響蕭疏，斜敲窗牖，孤燈明滅，香冷雲屏，而愁心耿耿，至曉不能成寐。

於時，楊夫人之女小六娘，染病而歿，夫人又欲隨夫宦遊遠方。小青逐因弔奠，即與夫人言別，一叩靈座，淚如泉湧，以卮灑奠畢，與夫人握手依依，備敘別後衷曲。夫人因女夭亡，見了小青，倍加憐愛。小青又以夫人遠去，益覺欷歔。盤桓數日，與婦一同送夫人出北關，灑淚而別。

小青自夫人去後，益復無聊，孰與同調？影影相弔！鬱鬱成疾，歲餘，病益深，婦屢命醫來診視，仍遣婢以藥送至。小青恪記楊夫人言，時存戒心，藥至，佯爲感謝，俟婢退出，即將藥傾瀉。笑曰：「吾固不願生，但當以淨體皈依，豈汝一杯鴆藥所能斷送乎。」

然病更沉重，水粒俱絕，每日只飲梨汁一小盅。而反明粧治服，未肯草草梳裹，或擁被斜坐，憔悴低吟，或呼歌女奏琵琶，以遣煩悶，雖數暈數醒，終不肯蓬首偃臥也。

一日，命老嫗曰：「可爲我傳語冤業郎，覓一良畫師來。」有頃，畫師至，即命寫照，寫畢，攬鏡細視曰：「得吾形似矣，猶未盡我神也。」姑置之。畫師又凝神盡巧，重寫一圖，小青又注目熟視曰：「神是矣，而姿態未流動也，得非我目端手莊，故爾矜持如此？」仍令置之。命畫師復捉筆於旁，而自與老嫗指顧語笑，或扇茶鐺，或檢書帙，或自弄衣帶，或閒調朱黛，縱其想會，天韻均自然，須臾圖成，果極妖麗之致，笑曰，可矣！

小青於畫師去後，取圖張供榻前，焚香設梨酒而奠之，曰：「小青，小青，此中豈有汝緣分耶？」

旋命侍婢取筆硯來，修書以寄楊夫人。其書曰：

元元叩首瀝血，致書於夫人尊前：關頭祖帳，迥隔人天，官舍良辰，當非寂度，馳情感往，瞻睇慈雲，分燠噓寒，如衣膝下，糜身百體，未足云酬，姊姊姨姨，別來無恙，猶憶元夜，南樓看燈，姨善諧謔，指畫屏中一憑欄女曰，是妖嬈兒，倚欄獨盼，恍惚有思，當是阿青，妾亦笑指一姬曰，此執拂狡嬛，偷近郎側，將無似姊，於時，角彩尋歡，纏綿徹曙，寧復知風流雲散，遂有今日乎，往者仙槎北渡，斷梗南樓，狺語哮聲，日焉三至，漸乃微辭含吐，亦如尊旨云云，竊揆鄙衷，未見其可，夫屠肆菩心，餓狸悲鼠，此直供其換馬，不敢辱以當罏，去則弱絮風中，住則幽蘭霜裡，蘭因絮果，現業誰深，若便祝髮空門，洗粧浣慮，而艷思綺語，觸緒紛來，正恐蓮性雖胎，藕絲難斷，又未易言此也，乃至遠笛哀秋，孤燈聽雨，雨殘笛歇，謖謖松聲，羅衣壓肌，鏡無乾影，朝淚鏡潮，夕淚鏡汐，今茲雞骨，殆復難支，痰灼肺燃，見粒而嘔，錯情逆意，悅憎不馴，老母姊弟，天涯間絕，嗟乎！未知生樂，焉知死悲，憾促歡淹，無乃非達，妾少受天穎，機警靈速，豐茲嗇彼，理詎能雙，然而神爽有期，故未應寂寂也，至其淪忽，亦匪自今，結縭以來，有宵靡旦，夜台滋味，諒不殊斯，何必紫玉成煙，白花飛蝶，乃謂之死哉，或軒車南返，駐節維揚，老母惠存，如妾之受，阿家可念，幸終垂憫，疇昔珍贈，悉令見殉，寶鈿繡衣，福星所賜，可超輪消劫耳，然小六娘先期相俟，不憂無伴，附呈一絕，亦是鳥死鳴哀，其詩集小像，托陳細好藏，覓便馳寄，身不自保，何有於零膏冷翠乎，他時放船堤畔，探梅山中，開我西閣門，坐我綠陰床，髣生平於想像，見空幃之寂颺，是耶非耶，其人在斯，嗟乎夫人，明冥異路，永從此辭，玉腕朱顏，行就塵土，與思及此，慟也何如。元元叩首叩首上」并附呈七言絕詩一首。詩曰：

百結迴腸寫淚痕，重來惟有舊朱門；夕陽一片桃花影，知是亭亭倩女魂。

寫畢，擲筆於地，淚潸潸下，一慟而絕，小青死時，年僅十八耳。

迨至傍晚，馮生始踉蹌而來，搴帷一視，只見小青遺骸，容光逸麗，衣態鮮美，如生前無病時一樣，不覺頓足長號，吐血昏厥。徐檢視詩稿一卷，遺像一幅，及寄楊夫人一緘，啓視之，敘述婉痛，儼如文章大家手筆。馮生哀呼曰：「吾負汝，吾負汝！」婦聞，怒甚，趨索圖，乃匿去第三幅，而僞以第一圖進，婦立焚之，又索詩卷，亦焚之，及再檢草稿，已散失無存。

惟小青臨卒時，嘗以花鈿飾物數件，贈嫗之小女，襯以二紙，正其詩稿，並前所載，得十絕句，二詞，一古詩，共十三首耳。時有劉某者，性滑稽，與馮生交厚而相狎，嘗過別業，於小青臥處，拾得殘箋數寸，乃〈南鄉子〉詞，惜不全，僅得三句云：「數盡懨懨夜深雨，無多，也只是一半工夫」，李易安之《漱玉集》中，無此情語也。

其詩雖極悽慘，不失氣骨，使與楊太史夫人唱和，堪相伯仲，雖全稿不存，要之寸錦零縑，亦足珍也。

劉又嘗獲第二圖，絹絹如豸，楚楚可人，如秋海棠花，其衣裡朱外翠，秀而艷，有文士韻，然猶屬副本，即小青所謂神已是而姿態未流動者。但不知第三幅更如何美妙？

嫗亦嘗言：「小青最喜看書，悉從楊夫人借讀。閒作小畫，畫一扇，甚自愛，馮生曾苦索之，堅執不與。」及歿後，即浮厝於孤山之側。其詩有未載入傳中者，錄之於后：

古詩一首

雪意隔雲雲不流，舊雲正壓新雲頭，米顛顛筆落窗外，松嵐秀處當我樓，垂簾只愁好景少，捲簾又怕風繚繞，簾捲簾垂底事難，不情不緒誰能曉，爐煙漸瘦翦聲小，又是孤鴻唳悄悄。

絕句四首

何處雙禽集畫欄，朱朱翠翠似青鸞，如今幾個憐文彩，也向秋風鬥羽翰。

脈脈溶溶灩灩波，芙蓉睡醒欲如何，妾映鏡中花映水，不知秋思落誰多。

盈盈金谷女班頭，一曲驪珠眾技收，值得樓前身一死，季倫原是解風流。

鄉心不畏兩峰高，昨夜慈親入夢遙，見說浙江潮有信，浙潮爭似廣陵潮。

「天仙子」詞一闋

文姬遠嫁昭君塞，小青又續風流債，也虧一陣黑罡風，火輪下，抽身快，單單別卻

清涼界；

原不是鴛鴦一派，休算作相思一概，自思自解自商量，心可在，魂可在，整衣又撚

雙裙帶。

以上小青作品，祇此而已。世所傳者，寥寥可數，蓋多佚散不存，且焚去整帙，更

無可考知。

雲間有煮鶴生者，落拓不羈，頗工吟詠，嘗於春日漫遊武林，泊舟於孤山石畔，尋

至小青葬處，但見一坏黃土，四壁煙蘿，徘徊感愴，立賦七言絕詩二首以弔之。

其詩曰：

羅衫點點淚痕鮮，照水徒看影自憐，不逐求凰來月下，冰心爭似步飛煙。

哮聲狺語不堪聆，竟使紅顏塚上青。可惜幽窗寒夜雨，更無人讀牡丹亭。

是夜月明如畫，煙景空濛，煮鶴生小飲數杯，即命舟子緣舟登岸，只擇林木幽勝之處，縱步而行，忽遠遠望見梅花底下，有一女子，神韻絕俗，綽約如仙，其衣外颺翠袖，內襯朱襦，飄忽往來，徜徉於花畔，煮鶴生緩緩跡之，恍惚聞其歎息聲，及近前數步，只覺清風驟起，吹下一地梅花香雪，而美人已不知何往矣。煮鶴生不勝詫異，曰：「此豈小青之艷魄芳魂耶？」遂回舟中，又續吟二首。詩曰：

梅花嘗伴月徘徊，月泣花啼千載哀，夜半岩前風動竹，分明空裡珮環來。

不須惆悵恨東風，玉折蘭摧自古同，昨夜西泠看皓月，香魂猶在亂梅中。

自後騷人韻士，題句紛紛，詩詞憑弔，無非憐其才華而傷其命薄，對此歷劫之美人，一掬同情之熱淚。亦有恨馮婦之悍妒、馮生之顢頇，而以詩文叱之者。篇什繁多，故不附錄。

或曰：「小青弔影，原無此事，出於文人筆下之虛構耳。」然〈梅嶼恨蹟〉，早已載在《西湖佳話》中，若云出於杜撰，則責在古人。筆者錄而記之，聊供讀者茶餘酒後之遺興耳。

嗟乎！世之懷才不遇，與小青同此飄零而遭挫折者亦多矣！韓愈所謂：「千里馬常有，而伯樂不常有，故雖有名馬，祇辱於奴隸人之手，駢死於槽櫪之間，不以千里稱也。……」則奇才遭阨，美人歷劫，又豈祇一小青已哉！

莫愁之里居考與莫愁湖之詩聯

一　莫愁之里居考

莫愁湖，在江蘇江寧縣三山門外，明時爲中山王徐達之園（見《江寧府志》），相傳爲莫愁舊居，故名（莫愁，古之女子名也）。

惟於莫愁之里居，則有二說：

（一）莫愁，石城人。《舊唐書》〈音樂志〉載：「莫愁樂（樂府西曲歌名），出於石城樂，石城有女子，名莫愁，善歌謠，故歌云：莫愁在何處，莫愁石城西，艇子打兩槳，催送莫愁來。」

按石城，在竟陵，今湖北之鍾祥縣，縣西有莫愁村（見《清一統志》）。

（二）莫愁，洛陽人。〈梁武帝歌〉云：「河中之水向東流，洛陽女兒名莫愁，十五嫁爲盧家婦，十六生兒子阿侯。」

宋·周邦彥詞〈西河〉一闋，專詠金陵，有「莫愁艇子曾繫」之句，因江寧縣（今之南京）西有莫愁湖，蓋周以「石城」爲「石頭城」（即金陵）矣。

唐·李商隱之〈無題〉詩：

重帷深下莫愁堂，臥後清宵細細長，神女生涯原是夢，小姑居處本無郎，

風波不信菱枝弱，月露請教桂葉香，直道相思了無益，未妨惆悵是清狂。

及〈馬嵬〉詩：

海外徒聞更九州，他生未卜此生休，空聞虎旅傳宵柝，無復雞人報曉籌，

此日六軍同駐馬，當時七夕笑牽牛，如何四紀為天子，不及盧家有莫愁。

後人之詠「莫愁湖」者，每用「盧家少婦」一句，則又誤以「洛陽」之莫愁，爲「石城」之莫愁矣。

筆者按：周邦彥以「石城」爲「石頭城」，亦有所根據。左太沖（左思，字太沖，晉之臨淄人也）〈吳都賦〉有句云：「戎車盈于石城。」註曰：「石城，石頭城也，在

建業西，臨江。」環濟《吳紀》曰：「建安十七年，城石頭。」又：庾信〈哀江南賦〉，亦有句云：「戎車屯於石城。」註曰：「石城即石頭城，在今江蘇江寧縣西，孫權所築。」所謂建業、秣陵、金陵、建康、白下、石頭城，均南京之古名也（屬今江蘇省江寧縣）。則江寧縣西之莫愁湖，爲古代名勝之景，即莫愁嘗居之處，後人以「莫愁」名此湖，紀其居也。

至《水經注》載：「沔水南逕石城，西城因山爲固，羊祜鎮荊江立，元康九年置竟陵郡，治此。」（屬今湖北鍾祥縣治，晉，羊祜所築）則莫愁出生於湖北之石城，而後居於河南之洛陽，嫁爲盧家婦，是莫愁出生之里爲石城，出嫁之里爲洛陽，故「石城樂」有「莫愁在何處，莫愁石城西」之句；而梁武帝亦有「洛陽女兒名莫愁，十五嫁爲盧家婦」之歌。均足爲其明證。

二 莫愁湖之詩聯

南京莫愁湖，至明初，爲中山王徐達之園，徐達字天德，爲明初功臣，臨濠人，少有大志，初爲郭子興部將，後歸明太祖，從太祖征略四方，軍律嚴明，積功累官中書右丞相，封魏國公，卒後追封中山王，謚武寧。莫愁湖有「勝棋樓」，即徐之故宅也。世傳明太祖與徐奕棋，徐勝一著，太祖命築「勝棋樓」以紀之。

清乾隆進士姚抱惜（姚鼐，字姬傳，桐城人，其齋名抱惜軒，學者稱之爲抱惜先生），遊莫愁湖徐氏園有詩云：

中山王亦起臨濠，萬馬中原擁節旄；高第大功酬上將，江天小閣坐人豪！

綺羅昔有巖花見，鐘磬今流石殿高；凭檻碧雲飛鳥外，夕陽天壓廣陵濤。

勝棋樓之旁，後建「曾公閣」，是江蘇藩司許振禕所建，以紀念其師曾文正公國藩也。許自撰二聯，并附以跋，更用姚抱惜詩中之句，題橫額七字：「江天小閣坐人豪」，榜書閣上，許之手筆也。聯跋分錄於后：

聯一

出西州門，風景不殊，難忘聖相經營之烈；

此一湖水，潢汙可薦，留與後人謳詠而歸。

聯二

岳牧用詞臣，諸葛大名垂宇宙；
驊騮開道路，元戎小隊出郊圻。

此聯集杜句，亦見渾成。

跋云：

江天小閣坐人豪，此抱惜先生遊中山王後園詩之句也。咸豐九年，大傅曾文正公駐軍臨汝，振禕與合肥傅相，平江次青方伯，同居幕下，嘗從登晚霞樓，公因誦是句，謂能寫出英雄氣象，使江山增重，意若不勝慨慕者，賊平，公來金陵，即修復湖樓，祀王像，宛申初旨，薨後十有六年，振禕來藩江寧，則公像已並祀王樓，云吳民之欲也。振禕因為公別建是閣，都人士愈益謂宜，然則公實百代人豪，公慕王，不知人慕公猶甚於慕王也。江上依然，昔遊若夢，公擊節此句時，亦烏知此句必待公而後徵實哉，因書之以補軼事。

彭玉麟題莫愁湖勝棋樓聯

時局類殘秤，羡他草昧英雄，大地山河羸一著；

湖名傳軼乘，對此荷花秋水，美人心跡證雙清。

王湘綺題莫愁湖聯

莫輕他北地胭脂，看畫舫初來，江南兒女生顏色；

儘消受六朝金粉，祇青山無恙，春時桃李又芳菲。

薛福成題莫愁湖聯

英雄兒女，將相侯王，小閣坐人豪，終古江流淘不盡；

世界滄桑，樓台煙雨，名湖猶昔日，幾回劫夢醒無痕。

由艾克之病斷其不能再任繁劇

美總統艾克此次所患之心臟病，爲「冠狀動脈血塞症」，在醫學上分析，屬於心臟病之第五類。按心臟病之種類有五：（一）心外膜炎；（二）滲液性心外膜炎；（三）心肌炎；（四）心內膜炎；（五）冠狀動脈血塞症。

凡冠狀動脈血塞，即有如下之症狀：（一）陣發性絞痛（即間歇痛），覺胸骨下翳脹而痛，不久即止；（二）尖痛有如針刺，甚則四肢痲痺而呈冷厥狀態；（三）現青藍色，竟至暈厥。

其起因有屬於先天遺傳者，有屬於後天傳染者，有屬於操勞過甚者，有屬於年老衰竭者。若心臟之「補償機能」健全，則病者可支持下去而享高年；若年老過勞而「補償機能」衰竭，則生命無法延長。

現在世界醫界，都認爲無特效治療方法。在西醫治療方法：用抗凝血素，或鎮靜劑（即痲醉劑，如鹽酸嗎啡之類），使患者精神肉體趨於安靜，及將患者安置於氧氣幕內，均屬消極治標之法也。

在中醫治療方法：則採《內經》「調和營衛」（即調和氣血），使氣血暢通，而心臟寧靜，此乃積極治本之法；而不論中西治療法均須休養，不能任繁劇以操勞，則成爲不變之論旨。

艾克以六十五高年，既患此心臟「冠狀動脈血塞」症，在兩星期內，尚未脫離危險期，期間隨時可以牽動其他複雜病類之變化。縱使脫離危險期，尚須長期休養，否則若再過勞，可以再發，再發時更爲嚴重，隨時可以死亡，此爲不可忽視者。

以美國近十餘年來（自第二次世界大戰起），政務之繁劇，關係世界之嚴重，爲元首者，無法避免「忙冗疲勞」之處理，艾克以六十五高齡，在生理上「補償機能」逐漸衰退之際，而患此隨時可以致死之心臟病，縱使此次脫離險境，亦不能再任繁劇，可以斷言。

現在美國政務如此繁重，世界局勢如此緊張，實不減於羅斯福時代，其嚴重性或者過之，艾克以軍人而從政，素非熟習，更感吃力，若勉強竭蹶以從，其不蹈羅斯福亡身任內之前轍者幾希。

所以筆者敢大膽判斷：艾克經過此病，必不能再任繁劇，此爲醫學上、生理上，與其現所處境，不容其勉強竭蹶從事，實已昭然。

章士釗的矛盾心情

章行嚴（士釗），湖南長沙人也，以文學名於世，爲研究憲法之權威者。在段祺瑞執北洋政府政柄時，曾任教育總長，有老虎總長之稱。昔與章太炎、張繼結盟兄弟，太炎贈之以詩云：

十年誓墓不登朝，為愛湖湘氣類饒。改歲漸知陳紀老，量才終覺陸雲超！
長沙松菌無消息，樊口鯿魚戶寂寥！料是瀛洲春色早，羈人樓上更迢迢。

太炎以陸機自比，而以陸雲視行嚴，意甚相得，期許非常，因章瘋子（太炎）向不輕許人，而許行嚴以如此之殷，是不凡也！但章瘋子因 國父容共，於輓孫第二聯示其不慊（第一聯見本書〈輓 國父之四聯三詩〉）。聯云：

舉世奉蘇俄，赤化尚輸陳獨秀；義兒滿天下，碧雲堪祭魏忠賢。註

註　時　國父靈柩在北京碧雲寺開弔。

太炎既連容共之國民黨領袖亦不見諒。今行嚴投身共營，太炎死而有知，未知作何想？

湘人劉劭襄，以毛潤之爲共黨主席，可替湘人吐氣（謂湘向未出元首，毛爲主席，是湘人之光也），章士釗以詩釋之，詩云：

蠢爾中經跡熄時，國無檮杌野無詩。二千年後轟青史，一個臣兮照碧湄；

名以陳王張楚大，論嫌賈傅過秦卑；荊台百世虛南面，首出從今只作師。

行嚴之「頌」主席也，直以「作之君，作之師」視矣。

章在故鄉，其婦居港，未隨章往，勞燕分南北，章恆鬱鬱，乃於詠海棠詩寄意。

章與毛澤東夫婦、齊白石等在北京故宮豐澤園賞海棠（園中海棠兩株各高三丈

餘），詠詩五首，錄后：

其一

赤制由來安素王見〈史晨碑〉，漢家圖籙夙開張，微生也解當王色，粉粉朱朱壯海棠。此詩頌毛，也見謙意。

其二

故苑春深花滿畦，重來亭館已淒迷，殘年不解胡旋舞註，好下東郊入燕泥。

註「胡旋舞」，舞名也，《樂府雜錄》：夷部樂，有此舞，於小圓毬子上舞，縱橫騰踏，兩足終不離於毬子，即所謂「踏毬戲」也。又《唐書》：安祿山未叛時，嘗作「胡旋舞」於唐帝之前，其疾如風。

筆者按：章氏此詩，其不滿於「秧歌舞」乎？何以有「殘年不解胡旋舞」之句？重履故京，不免興「故宮禾黍」之悲，故有「故苑春深花滿畦，重來亭館已淒迷」！感之不勝，而出於詠，絃外之音可知矣。

其三

棠梨本色自婀娜，海外移根作一家，莫怨東風多顧藉，卻教異種列檐牙。

按此詩已露隱衷，「東風」之「顧藉」，其能久乎？

其四

七年曾住海棠溪，門外高花手自題，高意北來看未已，分甘原屬舊棠梨。

按章於抗戰時，居陪都重慶，門前有海棠，伊嘗題詩詠之，此時身在江湖，猶憶重慶往事，其悵觸多矣。

其五

相望望，讀平聲萬里雁書沉，海曲催人怨悱深，幾度低徊舊詞句，海棠開後到如今。

按此雖爲「思婦」之詩，而怨悱之情，已露於字裡行間矣。

章氏於庚寅（民國卅九年）秋，毛派人陪其來港，會賓客，有詩寄意，抒其胸臆。

詩曰：

日下雲間夢已稀，偶投南服當懷歸！為貪俄頃襟期合，寖忘（忘，讀仄聲）平生心事違；小鳥昔曾辜舊德，神龍今見發天機；憑君莫作夷門嘆，世有邯鄲未解圍。

按此詩，章之心情，溢於言表，明眼人自然一目了然，不必註釋，可爲章慨詠矣。

章以孱軀（體力素弱），且當暮年（年逾古稀），回故都後，尙須學蘇俄言語文字（聞劭力子亦同學俄文），正是：「龍鍾學作胡兒語，留待黃泉覲赤帝」（赤帝史太林）學非所用，章豈樂爲？

章無法擺脫思想樊籠，只好以詩解嘲，乃有〈學俄羅斯文〉之律詩，聊以自解。詩曰：

龍鍾強舌向佉盧[註一]，盡室咿唔得所娛。已遣兒曹抛瑟僩[註二]，更欣官府解娵隅[註三]；蔗枝倒嚼甘徐受，老樹添花醜亦姝：此意不須人諒只，仗從撫缶樂嗚嗚。

註一　「佉盧」，人名，古之造書者，其書左行（見《法苑珠林》），今人言習佉盧文者，指外國文也。

註二　「瑟僩」，瑟兮、僩兮（見《詩經》）。僩，武貌。

註三　「娵隅」，蠻人稱魚為娵隅，郝隆詩云：「娵隅躍清池」（見《世說》）。

按此詩，雖猶自得其「樂」，然彼既云「盡室咿唔」，可知學俄文者，不祇章氏一人已也。學者「別有一般滋味在心頭」，其「味」雖不敢爲外人道，而其情可想見矣。六祖佛所謂「如人飲水，冷暖自知」，章之矛盾心情，於詩中已可窺見。其自知也，更不待言。

再版題跋

本書屬於掌故類隨筆文學，內容廣泛，題材涉及文史哲醫、古今山川人物、時人時事，文筆具新文體餘韻，極富吸引力。

是書初版於一九九八年，一經刊行，深受讀者歡迎，由於初期發行數量不多，面世不久，書市旋即售罄，向隅者眾。時光荏苒，初版至今，倏忽二十載，當前掌故類隨筆文學的作品，在出版界頗爲沉寂，鮮見此類作品出現，爲承傳文化的延續，故有再版需要，並趁機糾正初版的瑕疵。

此書能夠再版，榮幸地得力於萬卷樓圖書公司總經理梁錦興先生及副總編輯張晏瑞先生兩位的鼎力支持，恩義銘感五內。此外，誠謝臺灣成功大學張高評名譽教授、香港中文大學陳煒舜教授、香港中文大學潘銘基教授，他們爲此書撥冗撰寫推薦題詞。

方滿錦　二〇一九年一月十一日

伍百年作品集 1301A01

芝蘭室隨筆

作　　者　伍百年
輯　　者　方滿錦
責任編輯　楊芳綾
特約校稿　林秋芬

發 行 人　陳滿銘
總 經 理　梁錦興
總 編 輯　陳滿銘
副總編輯　張晏瑞
編 輯 所　萬卷樓圖書股份有限公司
排　　版　游淑萍
印　　刷　森藍印刷事業有限公司
封面設計　菩薩蠻數位文化有限公司

發　　行　萬卷樓圖書股份有限公司
臺北市羅斯福路二段 41 號 6 樓之 3
電話 (02)23216565
傳真 (02)23218698
電郵 SERVICE@WANJUAN.COM.TW
香港經銷　香港聯合書刊物流有限公司
電話 (852)21502100
傳真 (852)23560735

ISBN 978-986-478-240-6
2019 年 4 月再版一刷
定價：新臺幣 480 元

如何購買本書：
1. 劃撥購書，請透過以下郵政劃撥帳號：
帳號：15624015
戶名：萬卷樓圖書股份有限公司
2. 轉帳購書，請透過以下帳戶
合作金庫銀行 古亭分行
戶名：萬卷樓圖書股份有限公司
帳號：0877717092596
3. 網路購書，請透過萬卷樓網站
網址 WWW.WANJUAN.COM.TW
大量購書，請直接聯繫我們，將有專人為您服務。客服：(02)23216565 分機 610

國家圖書館出版品預行編目資料

芝蘭室隨筆 / 伍百年著 ; 方滿錦輯.
-- 再版. -- 臺北市 : 萬卷樓, 2019.04
面 ;　公分. –
(文化生活叢書. 詩文叢集 ; 1301A01)
ISBN 978-986-478-240-6(平裝)
856.9　　107023227